鞋　带

[意大利] 多梅尼科·斯塔尔诺内／著

陈 英／译

上海译文出版社

目　录

第一部

第一章

一

尊敬的先生，如果你忘了，那也没关系，我可以提醒你：我是你的妻子。我知道你以前欣然接受这个事实，而现在你忽然很排斥我。我知道你假装我不存在，假装我从来没存在过，因为你不想在你交往的那些文化人面前丢脸。我知道，要让生活井然有序，你会在晚饭时间回家，和我一起睡觉，而不是想和谁睡就和谁睡。我知道你不好意思说出这样的话：你们看，我一九六二年十月十一日结的婚，那时我二十二岁；当时，我在那不勒斯斯特拉区教堂的神父面前说了"我愿意"，我结婚只是出于爱情，我没有什么好隐瞒的；你们看，我要承担责任，如果你们不明白责任是什么，那就太不应该了。我心里很清楚，不管你愿不愿意，事实就是这样：我是你的妻子，你是我的丈夫，我们结婚已经十二年了——到十月份就十二年了——我们有两个孩子，桑德罗出生于一九六五年，安娜出生于一九六九年。我得向你出示相关证件，才能让你明白这个事实吗？

算了，抱歉，是我太过分了。我了解你，我知道你是规矩人。但拜托了，请你一看到这封信就赶紧回家。如果你现在还不想回来，就请写封信给我，解释一下你到底怎么了。我向你保证，我会尽量理解你。我知道你需要更多自由，这没什么错，我和两个孩子会尽量不给你增添负担。不过你得原原本本告诉我，你和那个女孩之间到底是怎么回事儿。已经六天了，你不接电话，不回信，也不现身。桑德罗向我问起你，安娜不想洗头发，她说，只有你知道怎么帮她擦干头发。你会发誓说，你并不在乎那位女士或小姐，你再也不会见她了，她对你来说无关紧要，我们出现这样的局面，是因为一些日积月累的问题爆发了，你说这些有什么用呢。告诉我，她多大年纪了，她叫什么名字，她在上学还是上班，或者什么也不做。我敢打赌，是她先亲吻你的。我知道你不是主动的人，要么是别人把你卷进去，否则你会按兵不动。我跟别人在一起了，你跟我说这话时，我看着你的目光，你看起来很盲目。你想知道我的感受吗？我想，或许你还没意识到你对我做了什么。你知道吗？那种感觉就像把手伸进我的喉咙开始撕扯，不断撕扯，直到把我的心撕裂。

二

看了你写的信，好像我是刽子手，你才是受害者，这让我无法忍受。我承受着你无法想象的痛苦，尽一切努力想了解你，你反倒成了受害者？为什么？因为我抬高了嗓门？因为我把水瓶摔碎了？你必须承认，我这么做是有道理的。你消失了快一个月之后，没有事先通知我就突然露面了。你看起来那么气定神闲，甚至还有些深情款款。我心里想：还好，你总算正常了。而你就像没事儿人一样，跟我说那个女人对你非常重要，你现在没她就活不下去。你真是义气啊，终于决定说出她的名字了——莉迪娅，而四个星期前，你还说对她一点儿兴趣也没有。除了提到她时你有点儿激动，你跟我说话的样子就像是在执行公务。鉴于你这样的态度，我只能说：我同意你的想法，你和那个莉迪娅走吧，感谢你，我会尽量不给你添麻烦。我正想要提出我的看法，你打断了我，夸夸其谈说一些关于家庭的事儿：历史上的家庭，世上的家庭，你的原生家庭还有我们的家庭。我应该安安静静，乖乖待在那儿听你瞎扯这些吗？这是你期望的吗？有时你真是太可笑了，你以为跟我聊点儿家长里短或者你经历的事儿，就可以给自己打圆场。我讨厌你的把戏。你用一种通常你不会使用的语气，很悲情地跟我讲起你父母之间的糟糕关系如何毁掉你的童年，这件事你跟我讲了无数次。你用了一个很形象的说法，你说，你父亲在你母亲周围竖起了一张防护网，每次看见尖利的铁丝刺进你母亲的血肉里，你都痛苦万分。然后你说到了我们，你跟我解释说，你父亲伤害了你们所有人，这个阴影还残留在你心中，时时刻刻折磨着你，于是你害怕伤害到桑德罗、安娜，特别是怕伤害到我。你看，我是不是一个字都没漏掉？你镇定自若地胡说八道了很久，你引经据典，说我们一结婚就被禁锢在了各自的角色里——丈夫、妻子、母亲、父亲和儿子，你把我们——我、你和我们的孩子——描述成一台机器的齿轮，被迫重复着机械动作，这没有任何意义。你就这样一直讲着，时不时引用书上的观点让我闭嘴。你这样跟我说话，一开始我以为是因为你生活遇到了什么不顺心的事儿，让你忘记了我是谁，让你无法意识到我也是一个有感情、有思想、会说话的人，而不是木偶戏中戴面具的木偶，可以任凭你摆布。过了很久，我猜你想帮我，你努力想让我明白：虽然你毁掉了我们共有的生活，但实际上我和孩子会得到解放，我们应该对你的慷慨之举表示感激。噢，谢谢，你真是热心。我把你赶出了家门，你生气了吗？

　　阿尔多，求你了，好好反思一下吧。我们需要认真面对彼此，我要搞清楚你到底怎么了。在我们共同生活的漫长岁月里，你一直都是一个很专情的男人，不管是对我还是对孩子。我向你保证，你一点也不像你父亲，我从来都没有那种被防护网包围的感觉，我也不像你说的齿轮，也不像其他那些乱七八糟的比喻。但我觉察到——确实是这样——近几年我们之间的关系正在发生变化，你开始饶有兴趣地看其他女人。我清楚地记得，两年前我们露营时遇到的那个女人。你躺在阴凉处，好几个小时都在那里看书。你说你很忙，你不理我，也不管两个孩子，你一个人待在松树下学习，或者躺在沙子上写东西。但只要你一抬起眼睛，就会盯着那个女人看。你嘴巴半张着，就像脑子很乱，想理清自己的思绪。

那时我心想，你并没做错什么：那女孩很漂亮，你控制不了自己，总是会瞟人家两眼。但我还是很痛苦，特别是你主动要求去洗碗时，这是从来没有过的事情。她一去洗碗池，你就会冲过去洗碗，她一回来你也就跟着回来。你当我看不见吗？你以为我察觉不到，没有发现吗？我心想：要冷静，这并不说明什么。因为我觉得你不可能喜欢其他女人，我相信你喜欢我了，就会一直喜欢我。我那时认为，真正的感情是不会改变的，特别是结婚以后。当然也可能会出现意外，我对自己说，只有那些肤浅的人才会出轨，他不是这样的人。后来，我又想那是一个正在变化的时代，而你也认为应该抛开一切。也许是我在家务活儿、管理金钱、照顾孩子的事情上投入太多了，我开始偷偷地看镜子中的自己，我到底怎么样？我是谁？生了两个孩子后，我并没有太大变化，我是一个称职的妻子，也是一个合格的母亲。我基本没有变，还是我们相识相爱时的样子，但显然这还不够。也许这就是问题所在吧，我需要不断更新自己，这比当一个好妻子、好母亲更重要。于是我试着模仿那个露营时遇到的女孩，还有在罗马围着你转的那些女孩，我尽量多参与你家庭之外的生活。一个新阶段就这样慢慢开始了，我希望你察觉到了这一点。难道你一直没有察觉到？或者你已经察觉了，但我的努力并没什么用？为什么呢？是我做得还不够吗？还是我变得不伦不类，我没办法像别的女人，我还是回到了原来的状态？或者我做得太过了？是我变化太大了，让你不舒服，让你感到羞耻，让你已经认不出我了？

我们把事情说清楚吧，你不能让我不明不白。我想知道这个莉迪娅的情况。她有自己的房子吗？你在她家睡吗？她身上有你一直追寻的东西吗？就是那些我已经没有了或者从来没有过的东西。你溜走了，尽量回避我，不想把话说清楚。你到底在哪里？你留下罗马的地址、电话号码，但我给你写信，你没有回复，我打电话也没人接。我怎样才能找到你，打电话给你的朋友？还是去你工作的大学？我应该在你的同事、学生面前大喊大叫，让所有人都知道你是一个不负责任的人吗？

我得付电费、煤气费和房租，还有两个孩子要抚养。你快回来吧。父母应该日日夜夜关心和照顾孩子，这是他们的权利，他们要和爸爸妈妈一起吃早餐，要有人送他们去上学，放学到校门口去接他们。他们有权拥有一个完整的家庭，一家人住在一个屋檐下，两个孩子在家里玩儿，做作业，看会儿电视，一起吃晚饭，然后再看会儿电视，最后道晚安去睡觉。跟爸爸道晚安，桑德罗，还有你，安娜，跟爸爸道晚安，拜托，不要哭哭啼啼的。今晚不讲故事啦，太晚了；如果你们想听故事，就快去刷牙，爸爸给你们讲故事，但不会超过十五分钟；睡觉时间到了，如果不睡觉的话，明天上学会迟到，爸爸还得赶早班火车呢，他上班迟到的话，会被批评的。两个孩子——你不记得了吗？——他们急忙跑去刷牙，然后跑到你跟前，要你讲故事，从他们生下来开始，在他们长大之前，每天晚上都会这样，直到他们离开我们，直到我们老去。也许你并不想和我一起老去，也不想看着你的孩子长大。是这样吗？是不是这样？

我很害怕。这个房子很偏僻，你知道那不勒斯是一座什么样的城市，这是一个很糟糕的地方。夜里，我总能听到喧闹声或笑声，我睡不着，我已经筋疲力尽了。要是小偷从窗户钻进来怎么办呢？要是偷了我们的电视机、留声机呢？要是有人想报复你，在我们睡觉时把我们都杀了呢？你难道没发现你留给我的担子有多重？你忘记了我没有工作，我不知道怎么活下去？别逼我，阿尔多，你要小心点。假如我下定决心，我会让你付出代价。

三

我见过莉迪娅了。她年轻漂亮，很有教养。她很认真地听我说话，比你认真得多。她对我说了一句话，我觉得

9

很有道理：你应该和他谈谈，你们的关系和我无关。没错，她不过是个外人，我不应该找她。她还能跟我说什么。你想得到她，你就得到了，你喜欢她，你会继续喜欢她。不，不，唯一能跟我解释这一切的人应该是你。她才十九岁，她知道什么？她懂什么？你呢，你已经三十四岁了，你是一个结了婚的男人，你受过良好的教育，你有一份体面的工作，你受人尊敬。所以你应该给我一个合理的解释，而不是莉迪娅。但事情已经过去两个月了，你只是跟我说，你再也无法和我们一起生活了。是吗？原因是什么呢？你发誓说，我们之间没有任何问题。毫无疑问，孩子是亲生的，他们喜欢和你在一起，而你也承认和他们在一起你也很开心。为什么你会离开呢？你没有回答我。你只是吞吞吐吐地说：我不知道，事情就这样发生了。我问你：你已经有新家了吗，那里有你的书、日用品吗？你回避问题，回答说：没有，我什么也没有，我过得并不好。我问你：你已经和莉迪娅同居了吗？你们一起睡觉，一起吃饭吗？你忍不住说：没有，我们只是在交往，仅此而已。阿尔多，我想告诉你，你不要再这样对我，我受不了了。我们每一次交谈都那么虚假，说得更准确一点，我在寻找那个会把我摧毁的真相，而你却在对我撒谎，这意味着你对我再也没有一丝尊重，你在拒绝我。

我越来越害怕，我怕你会把对我的鄙视传递给两个孩子，传递给我们的朋友，传递给所有人。你想孤立我，想把我排挤出去。更重要的是，你极力抗拒重新审视我们之间的关系。这快要让我疯掉了。我和你不一样，我要知道你为什么抛弃我，我要你一五一十说清楚。如果你认为我还是个人，而不是需要用棍子驱赶开的牲畜，你就应该给我一个解释，一个合理的解释。

四

此刻我什么都清楚了，你已经决定抽身而去，任凭我们自生自灭。你希望过自己的生活，而你的生活里已经没有我们的容身之地。你希望去你想去的地方，见你想见的人，成为你想成为的人。你要逃离我们的小世界，和你的新欢走进一个更广阔的天地。在你眼中，我们是你浪费了的青春的证据，你把我们视为疾病，会阻碍你成长，而你想摆脱我们，你想挽回你失去的一切。

如果我没理解错，你一定不同意我反复使用"我们"这个词。但事实就是如此。我和两个孩子是"我们"，你已经是"你"了。你离开之后，就已经毁掉了我们和你的生活。你改变了我们对你的看法，你再也不是我们心目中的那个人。你是有意识、有计划地离开我们的，你迫使我们承认，过去那个"你"是我们想象出来的。现在，我、桑德罗和安娜在这里，我们要面对贫穷的生活，没有任何保障，要生活在焦虑中，而你不知道在什么地方与你的情人尽情逍遥。结果就是两个孩子现在只属于我，他们和你无关。你的做法让两个孩子觉得，他们的父亲成了我和他们的幻觉。

然而你说你还想继续保持关系。好吧，我没什么可反对的，但关键你要告诉我怎么保持。你已经把我从你的生活中排除出去了，你还想做一个真正的父亲？你想照顾桑德罗和安娜，只照顾他们，不管我？你想像影子一样，时不时出现一下，然后再把他们丢给我吗？你问问两个孩子，看他们同不同意。我只能说，他们会觉得你把他们拥有的东西忽然夺走了，你所做的让他们很难过。桑德罗把你当作人生的楷模，现在他茫然了；安娜不知道她做错了什么，但她相信她一定犯了很严重的错误，你通过离开来惩罚她。情况就是这样，随你的便吧，我会等着看的。但我要马上跟你说清楚：首先，我不允许你破坏我和两个孩子的关系；其次，作为一个满口谎言的父亲，你已经很让两个孩子受伤了，我不允许你再伤害他们。

五

我希望你现在搞清楚一件事情：我们的关系结束了，你和桑德罗、安娜的关系也随之结束了。"我是一个父亲，我希望继续做一个父亲。"说起来很容易，可事实上在你现在的生活里根本没有两个孩子的位置，你想摆脱他们，像当初摆脱我那样。但说实话，你什么时候真正关心过他们？

假如你感兴趣的话，我要告诉你最近发生的事。我没钱交房租，我们搬家了。我们搬去和贾娜住了，在她那里将就着。两个孩子不得不换了学校，离开他们之前的朋友。安娜很痛苦，因为她再也见不到玛丽莎了，你知道她很在意这个朋友。从一开始，你就清楚会有这样的结果，你离开我会给孩子带来困扰，会让他们受尽委屈。但你有没有做出一点点努力来避免这一切发生呢？没有，你只想着你自己。

你答应桑德罗和安娜，你会和他们一起度过夏天。然而，一个星期天，你很不情愿地来接他们，他们很高兴。但结果呢？四天后你就又把他们送回来了。你说照顾他们让你很烦躁，你力不从心，然后你就和莉迪娅走了，再也没有现身，直到秋天才露面。你没想过两个孩子的假期是怎么过的，他们在哪里？怎么度过？和谁度过？哪来的钱？对你来说，你自己过好最要紧，两个孩子已经不重要了。

我们再说周末的探视日。你故意来得很晚，待一会儿就走。你从不带两个孩子出去，也不和他们一起玩儿。你在屋子里看电视，两个孩子坐在你旁边，满怀期待地看着你。

那么节假日呢？圣诞节、元旦、主显节和复活节，你都没出现。而且当两个孩子明确要求去你那里时，你总是说，你没地方招待他们，好像他们是陌生人一样。安娜画了一幅画，是她做的关于死亡的梦，她仔仔细细地给你讲了她的梦，你眼睛都没眨一下，你毫无反应。你听完她说的，然后说：多美的颜色啊！只有我们争执时，你才会激动起来，你觉得有必要强调你有自己的生活，你的生活与我们无关，我们已经彻底分开了。

现在我知道你害怕了。你怕两个孩子会动摇你抛妻弃子的决心，你怕他们会干扰和破坏你的新感情。所以，亲爱的，你说你想继续做一个父亲，但这只是说说而已。事实是：摆脱我之后，你还想摆脱两个孩子。很明显，对家庭的批判，对角色和身份的不满，以及其他胡说八道都只是借口，你从来都没投入到反对体制的斗争中。这些体制会压制人，让人变成工具。如果事情真是这样，你就会发现，我和你一样也想要解脱，想要改变。假如事情真是这样，家就散了，一个人会处于感情、经济还有社会关系的悬崖，你正在把我们推下悬崖，你会理解我们的情感，我们的愿望。然而你没有，你就想摆脱桑德罗、安娜和我。你把我们当作绊脚石，妨碍你走向幸福的生活，你觉得我们是一个陷阱，抑制你享受的欲望，你把我们当作非理性、错误选择的结果。一开始，你就对自己说：我要抽身而出，即使这样会要了他们的命。

六

你给我举了爬楼梯的例子。你说，你注意到人是怎么

14

爬楼梯的吗？一步接着一步，就像我们小时候学会的那样，但刚学会走路时的乐趣已消失殆尽了。在成长过程中，我们走路的样子慢慢定型，我们受父母、哥哥姐姐还有身边的人的影响。现在，我们的双腿会按照习惯的方式行走，我们的步伐不再紧张、激动而欣喜，也不再特别。我们在向前走时，觉得是自己在控制着脚步，但并不是这样。我们和上楼的人群一样，认为自己可以控制肢体的动作，其实只是随波逐流。你最后总结说，要么改变步伐，重新体会最初的喜悦，要么陷入日益乏味和平庸的生活。

我总结得对吗？我可以说说我的看法吗？那真是个愚蠢的比喻，你本可以讲得更好，但没关系，我就当这个比喻还说得过去。你用这个比喻，就是想让我知道我们曾经很快乐，但后来这种快乐被习惯取代。一方面，这种习惯可以让我们一年年、一月月、一天天过得很安稳；另一方面也会让我们、两个孩子的生活很窒息。很好，现在你给我解释一下，做出改变带来的后果是什么？你想说，如果可能的话，你想回到十五年前，但时光一去不复返，而你特别渴望那种新鲜的感觉，所以你想和莉迪娅重新开始？你是不是想说这些？如果是这样，我也得告诉你：一段时间以来，我也觉得曾经的快乐日益减少；我也感觉我们都变了，我们的变化不仅伤害了自己，还伤害了桑德罗和安娜，这种折磨人心的同居生活，无论是对我们还是孩子都很危险；一段时间以来，我也害怕我们只是凑合在一起过日子，为了养育孩子勉强在一起，这对我们和孩子都没好处，我还不如让你离开。但我和你不同，我不认为，因为你离开的缘故，通往人间幸福的钥匙就丢了，我要尽快找到一个不那么轻率的人。我不会逼迫你们，我不否认你们的生活，也不否认我会解放自己。我要怎么解放呢？找另一个伴侣？组成另一个家庭？就像你和莉迪娅那样？

阿尔多，请不要玩文字游戏，我已经筋疲力尽了，这是我最后一次请求你考虑清楚。惋惜过去很愚蠢，但总是追求新开始也很愚蠢。你希望的改变只有一个出路，就是我们四个：你、我、桑德罗和安娜一起做出改变，我们必须和你一起去开启一个新阶段。你看着我，好好看着我，拜托了，认真看着我。我一点也不恋旧，我试着迈出新的步伐，去攀登你那可悲的台阶，我也想向前迈进。但如果你不给我和两个孩子任何机会，我将诉诸法律，让两个孩子归我。

七

你终于果断起来了，你对法官的判决也无动于衷，你嘴上说你要承担做父亲的义务，但你却没有做出任何努力来争取你的抚养权。你同意两个孩子都由我来照顾，你根本不考虑他们有时候会很需要你。你把他们都推向我，你正式推卸了你的责任。沉默代表默认，孩子都判给我，立

16

即执行。非常好，我竟然爱过你，我真为自己感到骄傲。

八

我自杀了。我知道，我应该说我自杀未遂。但这不精确，实际上，我已经死了。你觉得，我这样做是为了逼你回来？因此在这种情况下，你也提防着我，不愿意在医院出现，哪怕只是几分钟？你害怕陷入困境，让你无法逃脱？或者你害怕直面你做的事带来的后果？

天啊！你真是一个软弱、肤浅的男人，没有主见，无情无义，这十二年来我真是看错了。你对别人漠不关心，不在乎他们有什么改变或发展。你只是利用他们，你只是在乎那些抬举你的人。你只和那些承认你、和你身份相称的人打交道，条件是他们奉承你、讨好你，这样你就看不到你内心空虚，徒有其名。你害怕面对自己的真相。每次这种方式行不通时，每次你身边的人疏远你，开始成长时，你就会毁掉他们，然后转向新的目标。你从来都没有安宁过，你老是希望成为别人关注的对象。你说，这是因为你想成为这个时代的主角，你把这种狂热称为参与。噢，你确实参与了，你确实有担当，你简直太有担当了。事实上你是一个被动的人，你大部分思想和语言都是从书上搬来的，都是大部分人认可的，你只是照本宣科而已。你总是随波逐流，人云亦云，你只是在迎合那些真正有影响力的人，你希望自己也能成为他们中的一员。你不会做自己，你也从来没有做过自己，你不知道什么是做自己。你只是想抓住那些出现在你面前的机会。当罗马有了做大学助教的机会，你就开始做助教。你遇到了学生运动，就开始涉猎政治。你妈妈死了，你失去了最依赖的人，而当时我是你的女朋友，你就娶了我。你和我生了小孩，只是因为你觉得作为丈夫，也有必要成为爸爸，大家都是这样。你碰巧遇到一个好姑娘，你就以性解放和推翻家庭的名义，成了她的情人。你会一直这样下去，你永远不能成为你想成为的人，只会成为一个随遇而安的人。

　　整整三年，在这可怕又折磨人的日子里，我试图帮助你。我日日夜夜思考这个问题，希望你也能和我一样，对此你毫无察觉。你听我说话也心不在焉，我几乎可以确定，你并没有看我写给你的信。我承认，家庭确实让人窒息，每个人扮演的角色，都会让他们泯灭自我，因此我竭尽全力想抵达问题的核心，想把事情想透彻。我变了，完全变了，我在进步，你完全没有察觉，即使你觉察到了，你也很厌烦。你会溜走，你用半句话、一个眼神、一个动作摧毁我的所有努力。亲爱的，自杀是一个证明。很久以前你就杀死我了，不是毁了我做妻子的身份，而是扼杀了我这个人——一个最真诚、最想生活的人。但后来我大难不死，身份证显示我还活着，这对我来说虽然不是一件好事儿，但对两个孩子来说却很重要。在这种困难时候，你的缺席、冷漠都在向我证明：如果我死了，你会头也不回，继续走你的路。

九

我现在来回答你提的问题。

最近两年，我一直都在工作，我做过各种各样的工作，有时候是给公司工作，有时候是私人，通常都挣不了几个钱。直到不久前，我才找到一份稳定的工作。

我们的离异已经成为事实，你签署的抚养声明也确认了这一点，我觉得目前没有什么急需解决的问题。

我从未以自己或两个孩子的名义向你要钱，我总是准时收到你的汇款。鉴于我的经济条件，我尽量节约，不用你汇过来的钱。我把钱存了起来，留给桑德罗和安娜。

电视机已经坏了很久，我没再交有线费。

你写信说，你要和两个孩子重新建立关系。事情已经过去四年了，你以为你能心平气和地面对这个问题？但话又说回来，还有什么要面对的呢？你不想承担责任，你抽身而出，抛弃他们，毁掉我们的生活时，你怎么没提出你有这种需求？无论如何，我把你的这个愿望念给了两个孩子听，他们决定见你一面。为了防止你忘记，我提醒你：桑德罗现在十三岁，安娜九岁。他们饱受颠沛流离和恐惧的折磨，请你不要让他们的处境更加艰难。

第二部

第一章

一

我们按照时间顺序来讲吧。去度假前，婉妲手腕骨折了，一直都长不好。按照骨科医生的建议，她租了一台理疗仪，时间是两个星期。他们商量好了，租金是两百零五欧元，第二天他们就会把机器送来。第二天快到中午时，有人敲门，当时我妻子忙着做饭，我去开了门，像往常一样，猫跑在我前面。一个年轻女人出现在门口，她身体纤瘦，黑色的短发有点儿稀疏，精致的脸庞有些苍白，一双明亮的眼睛，脸上没有化妆。她交给了我一只灰色的盒子。我接了过来。我的钱包放在书房写字台上了，我说："抱歉，请您稍等。"我没有请她进来，但她跟着我进了家门。

"真漂亮！"她对着猫惊叹了一句，"叫什么名字？"

"拉贝斯。"我回答说。

"这名字是什么意思啊？"

"意思是'小动物'。"

女孩露出了笑容，俯下身抚摸着拉贝斯。

"总共两百一十欧。"她说。

"不是两百零五欧吗？"

她一边摇了摇头，一边很专注地和猫玩儿，挠着它的下巴，对猫嘟哝着喜爱的话。她蹲在那里，用心平气和的语气对我说："您打开盒子，里面有清单，您会看到上面标明的是两百一十欧。"她非常镇静，就像一个习惯于走街串户的人，敲开陌生人的家门之后，知道如何平息和安抚老年人的不安。她一边在那里逗猫玩儿，一边好奇地往我书房里看。

"您的书可真多啊。"

"因为工作需要。"

"这工作真好。您还有这么多小雕像，放在高处的蓝色方块真漂亮，是木头的吗？"

"金属的，那是很多年前我在布拉格买的。"

"您家真漂亮！"她站起来感叹道，然后又把话题转移到了清单上，"您看一眼票据吧。"

我很喜欢那双闪闪发光的眼睛。

"不用了。"我一边说，一边给了她两百一十欧。

她接过钱，然后和猫道别，还提醒了我一句：

"看书别太辛苦了，再见，拉贝斯。"

"谢谢您，再见。"我回答说。

这就是所发生的事情，我没有添油加醋，也没有遗漏什么。过了几分钟，婉姐从厨房里出来了，她身上穿着几乎拖到地上的绿围裙。她打开了盒子，把电源接上，开始检查机器是否运作正常，她看着螺线管，想搞清楚这机器怎么用。与此同时，我出于好奇，看了一眼附带的单子，我发现那个女孩骗了我。

"有什么不对劲儿的地方吗？"我妻子问。即使她注意力不在我身上，也会觉察到我的情绪变了。

"她收了我两百一十欧元。"

"你给她了？"

"嗯。"

"我跟你说过了，你只用付两百零五欧元。"

"送货的看起来像个老实人呢。"

"送货员是个女的？"

"一个女孩。"

"她长得漂亮吗？"

"谈不上……"

"她只骗了你五欧元，这可真是个奇迹。"

"五欧不是个大数目。"

"五欧元是曾经的一万里拉呢。"

她撇着嘴唇，表示很不高兴，她不再说什么，转身去看说明书了。她把钱看得很重，一辈子都在想方设法省钱。直到现在，虽然老胳膊老腿，身体不是很灵活，她也会毫不犹豫地弯下腰，在街边脏兮兮的地上捡起一欧分硬币。她属于这类人：他们会不失时机地强调，主要是为了提醒自己，一欧元相当于两千里拉，十五年前两个人去电影院看场电影，也就花一万两千里拉，而现在电影院一张票八欧元，两个人去看场电影要花三万两千里拉。我们现在的富裕生活，更进一步说，包括两个孩子的舒适生活——他们经常向我们要钱——一方面靠我的工作，另一方面也靠她的节省。所以几分钟前，一个陌生人将我们的五欧元据为己有，这让她十分生气，可能只有在路边捡到五欧元才能抵消这种愤怒。

和往常一样，她的情绪也影响到我。"我去给他们公司写投诉信。"我说。我回到书房，想要通过邮件揭发这件事情。我想要安抚妻子，她的指责总是会让我很不安，更不用说她对我的讽刺，我都一把年纪了，还被那些忸怩作态的女人迷惑。我打开电脑，这时送货员的手势、声音和话语又浮现在我脑海中，我又想起她用娇媚的声音夸赞我的猫，感叹我博览群书，我又想起她催促我打开包裹检查时用的那种关切语气。显而易见，对她来说，看我一眼她就知道我是个好骗的主。

意识到这一点，我有些难过。我在脑子里画了一条线，把以前和现在的我分开，如果早几年发生这样的事情，我会怎么回应（"别浪费我的时间了，价格是定好了的，再见。"），而现在我是怎么回应的（"我的猫叫拉贝斯，我工作需要用书，那个蓝色方块是我在布拉格买的。不用了，谢谢。"）。我决定在键盘上敲出几句不留情面的话，但我内心犹豫不决。我想：谁知道她的生活是什么样的，干着临时工，收入微薄，又要供养父母，付昂贵的房租，她还得买化妆品和袜子，或许她还有一个失业的丈夫或未婚夫吸毒成瘾。"如果我写信给她公司，"我对自己说，"她肯定会连这份可怜的工作都丢掉，最终来说，不就是五欧元嘛，我背着妻子，可能也会给她五欧元小费。"总之，在这个经济比较困难的时期，如果这个女孩继续私自涨价，总有一天，她会遇到一个没我这么好说话的人，她会为她的小聪明付出代价。

我不再写那封投诉信。我告诉婉妲，我已经给那家公司发投诉信了，我很快就把这件事抛在脑后。

二

几天后，我们出发去海边。我妻子收拾好行李，我将行李箱拖到楼下，拉到汽车跟前。天气非常热，一向拥堵的街道这时候空荡荡的，周围的房屋都很安静，大部分窗户和阳台都关得死死的，窗户上的百叶窗都放了下来。

我累得汗流浃背，婉妲想帮我搬行李，我阻止了她——我担心她脆弱的骨头承受不了——于是，婉妲在一旁指挥我放置这些行李。她很烦躁，离开这座公寓让她很焦虑，即使我们只是离开七天，去加里波利附近一家提供三餐的旅馆度假。那里价格便宜，我们未来几天也不用做什么，除了在旅馆睡觉，沿着海岸散步，享受海水浴。她还在那里唠叨，重复说：她更乐意待在家里，在种着柠檬树和枇杷树的阳台上看书。

我们在这房子里生活三十年了。三十年来，每次遇到要出远门，她就表现得好像我们再也回不来似的。随着年岁的增长，每次我劝说她去外面旅游，享受一下生活，都越来越艰难了。她不愿出去玩儿，一方面是怕委屈了家里的儿女和孙子，更重要的是，她舍不得拉贝斯，她深爱拉贝斯，拉贝斯也爱她。当然了，我也很爱家里的猫，但还没有爱到为它放弃假期的份上！我不得不小心翼翼地劝说她，说猫会破坏旅馆房间的家具，弄乱我们的房间，会在半夜喵喵叫，打扰其他客人。她终于被我说服，决定和拉贝斯分开，我还得向她保证，两个孩子会给猫添食，清理猫砂。这让她有些不放心，两个孩子关系不好，所以要避免让他们相遇。他们兄妹之间的关系一直很紧张，从青春期开始就那样了，但真正关系恶化是大约十二年前，贾娜姨妈死时。贾娜姨妈是婉妲的大姐，在她波折的一生中，从未有过孩子，她偏爱桑德罗，死后将一笔可观的积蓄留给了他，而安娜只得到一堆不值钱的玩意。为这事儿，兄妹俩吵了一架。安娜希望可以忽略姨妈最后的遗愿，提出平分她的遗产；但桑德罗置若罔闻。结果就是，他们不再理睬对方。他们乱七八糟的生活，还有其他各种各样的问题，已经让他们的母亲很苦恼，现在加上兄妹之间关系恶

28

劣，更让母亲痛苦万分。因此，为了避免他们在照顾拉贝斯时相遇，我精心制作了轮班时间表。但婉姐并不相信我的组织能力，她检查又核实，确认两个孩子都有我们公寓的钥匙。知道这一切有多麻烦了吧！但现在我们准备好出发了，我和她站在行李中间。我们一起生活了五十二年，时间很漫长，就像一个线团。婉姐已经是七十六岁的老太婆了，表面看起来精力充沛，但实际上很虚弱；而我也已经是个七十四岁的老头了，看起来有点漫不经心，但这也只是表面。她光明正大、事无巨细地规划着我的生活，我也从不反抗，遵从她的引导。她虽然身体不太好，但很活跃，我身体还不错，但很懒散。我才将红色的行李箱放进车后备厢，我妻子就不赞同，她认为应该把黑色箱子放在下面，红箱子放在上面。我将贴到后背上的衬衣扯了扯，将红箱子拎了出来放在路上，同时夸张地喘着气。当我正要去搬黑行李箱时，路边突然出现了一辆汽车。

我们不可能注意不到那辆车子，不仅仅是这条街道，连整座城都像是空的，没有其他车子经过，红绿灯徒劳地亮起，你甚至能听到树木叶间鸟儿的啾鸣。那辆车子从我们面前开过，几米之后，车子突然停住了。一秒、两秒，我清楚地听到司机换挡的声音，一阵倒车的声音响起，车子在离我们不远的地方停下了。

"这不可能！"坐在驾驶室的男人喊道，他的黑眼圈很重，牙齿看起来有些老化，"我从这儿路过，看看遇到谁

29

了！您——的确是您，我在路边竟然遇到您了。如果我告诉我老爸，他肯定会惊呆的！"

他很热情，笑得很开心。我没再去搬那件黑行李箱，我在脑海中寻找他的模样——鼻子、嘴巴、额头——我努力思索他到底是谁，但我没能想起来。他的脸看起来很善变，现在由于情绪激动，更难以辨认了。他没法平静下来，一口气说了一大堆话来，说他父亲一直很尊重我，老是会提到我，因为在他父亲年轻时，我曾帮助他走出困境。现在事情终于理顺了，他们的生活走上正轨，而且会越来越好。他不停地说：见到您真是太高兴了。尽管我并不能确定我是帮助过他还是他父亲，或者两个人都帮过。但我很快确信，我曾经教过他，也许是我在那不勒斯当高中老师时，那不是很长一段时间；也有可能是我在罗马大学任教时，那段时间稍微长一些。我经常碰到一些陌生人，他们已经是中老年人了，他们都为见到我感到高兴。通常来说，那些特征突出的人我能认出来，但很多时候，我只能假装认出我"以前的学生"。是的，我得出结论：他肯定曾经是我的学生，我没能认出来他，而我不想让他难过。我露出亲切的表情，问他：

"你爸爸还好吗？"

"他很好，他心脏有些毛病，但问题不大。"

"代我向他问好。"

"那当然。"

"那你呢，你过得怎么样？"

"我过得棒极了。您还记得吗？我之前说想去德国，我还真去了，而且现在总算发了点儿小财。留在意大利能有什么机会？没有！但在德国我建了一家小工厂，专做皮货，我做钱包、夹克等高级货，都卖得很好。"

"我真为你感到高兴，那你结婚了吗？"

"目前还没有，要等到秋天呢。"

"恭喜你！再次向你父亲问好。"

"谢谢您，您无法想象，他知道了会有多高兴！"

我一直在等着他离开，但他始终没有走。我们又沉默着站了几秒钟，笑容挂在脸上，有些僵硬。最后他使劲摇了摇头，说：

"不能就这样走了，谁知道还有没有机会再碰到您。我想给您留下一份礼物，给您还有您妻子。"

"下次再说吧，我们现在得走了。"

"我很快就好，等一下！"

男人从车里出来，很敏捷、很决绝地打开了后备厢。"这个给您！"他向婉姐喊道，递给她一个漆皮小包，婉姐接过来，脸上带着厌恶的表情，好像生怕小包把她弄脏了似的。这位陌生男子又为我挑了一件黑皮夹克，他一边把夹克放在我身上比画，一边低声说着："很合身。"我躲开了，并对他说："这太贵重了，我不能收。"但他好像没听见，又转过身到婉姐那里，他还想给她一件短上衣，衣服上带着亮闪闪的扣子。这件衣服刚好是您的码，男人很高兴地对她说。这时候我想阻止他："你非常客气，谢谢你，不要送什么礼物了，我们要赶路，我们担心遇到堵车。"男人油滑的面孔突然变得僵硬，他说："不客气，这也没什么，我也是尽我所能，但我只想恳请你们帮我一个小忙，能给我一些钱，让我加点油吗？我还得赶去德国呢。当然这不是强制的，如果您觉得我的要求太过分了，不想给也没什么，礼物你们可以留着。"

我被搅糊涂了：他父亲、感激之情、那座在德国的小工厂、一帆风顺的生意……现在又想问我要钱去加油？我机械地将手伸进钱包，想找到五欧元、十欧元，可是都没有，我发现我只有一百欧元的纸币。"不好意思。"我低声说。但我的太阳穴开始狂跳，正要开口说："我一点儿也不觉得不好意思，拿着你的东西，快滚吧！"就在那一瞬间，那个男人以一个准确、迅速又轻盈的动作，用拇指和食指从我钱包里夹走了一百欧元，做这一系列动作的同时，他用真诚、饱含谢意的眼神看着我。下一秒他已经坐在驾驶室里了，他又开始大喊："谢谢您！我父亲会很开心！"

如果说那个送理疗仪的女孩的骗局只是让我有些难受，这次我简直是受到了深深的伤害。那辆车还没有完全消失在街道尽头，我妻子难以置信地问了一句：

"你给了他一百欧元？"

"我一分钱也没给他，是他抢走的。"

"这东西根本一文不值，你闻闻有多臭，根本就不是皮的，闻起来有股臭鱼味。"

"全扔了吧，扔到垃圾桶里去。"

"不，不，还是送到红十字会去吧。"

"好吧。"

"不，不，这样不好。我们可是在那不勒斯长大的，天呐！你就这样让人糊弄？"

三

我开了几小时的车，一直开到海边，一路上皮衣和手提包的味道熏得我直泛恶心。婉妲咽不下那口气，她不停地说：一百欧元就是二十万里拉啊！怎么会发生这种事情。不过她的怒火慢慢减弱了，她叹了一口气说：好吧，算了吧，我们不要再想这件事了。我马上点头表示同意，努力想说一些打圆场的话，但我没找到任何有说服力的句子，我感觉自己很脆弱，任何人碰我一下，我都会变得粉碎。我觉得，我不应该马上就把那个黑头发发送货员和那个牙齿老化的皮货商联系在一起。我想，对于他俩来说，只要看我一眼，他们就可以判断：他们肯定能得手。他们很有道理啊，我是很容易就上当受骗了。很明显，我的警报系统已经太破旧了，已经无法启动了。或者随着时间的流逝，那种作为一个不容易受骗的男人的标识已经褪色：那是一个眼神，或者说一个嘴部的表情。简单来说，我变迟钝了，失去了警觉性。在我一生中，这种警觉和敏锐让我从贫穷的家庭中走出来，抚养孩子，让我适应复杂的环境，让我获得了一点儿财富。我不知道我究竟是什么地方改变了，是怎么改变的，但现在我确信我真的变了。

我们快到目的地时，我又一次证明我失去了控制能力。在我五十多年的婚姻生活里，我一直在维护着平衡，一种很具体的平衡。因为假期，路上没有什么车子，也没有什么风险，我有些厌烦地开着车子，我努力回想着过去我是不是被人骗过，但我头脑中一片空白。相反，我想起很久以前一件让我很自豪的事。我打破了漫长的沉默，不禁脱口而出，把我想起来的事向婉妲讲了，这时候她半躺着，额头抵着车窗。我跟她讲，有一次——肯定是春天——她陪我去国家广播电台。我想不起确切的年份和去电台的原因了——可能也不是去广播电台，可能那时候我还不在电台工作，谁知道我们到底去了哪儿。很确定的是，到达目的地后，我给了出租车司机五万里拉，他坚持说我只给了他一万里拉。为这事儿，我和他发生了争执，婉妲清楚看到了我给的是五万里拉，她想支持我，这个男人甚至对婉妲也不客气。我尽量做出一副轻蔑的样子，询问了司机的姓名和其他信息，我说他可以拿着那五万里拉，但我会马上去警察局告他。那个男人先是咬牙切齿地说了他的信息，然后嘟囔着说：今天就不该出门儿，谁让我出门啊，我还感冒了。最后他给我找了该找的钱。你记得吗？我很自豪地问她。

我妻子忽然振奋起来，她疑惑地看着我。

"你搞错了。"她冷冷地说。

"事情就是这样的。"

"我没和你在出租车上。"

很快，一阵羞愧从我的胸膛中涌上来，我觉得额头发烫，我强忍着窘迫，故作镇定。

"你当然在。"

"别说了。"

"是你自己忘了。"

"我已经告诉你了，别说了。"

"可能我是一个人。"我嘟囔了一句，就不再说话了，就像我刚才忽然提起这个话题一样。

剩下的那段路，我们一直生着闷气，没有说话。只有到了旅馆，我们分到一间面朝大海的房间，我们心情才好了一点。在我们看来，那天晚上的晚餐也很棒，回到房间后，我们还发现空调很舒适，床垫和枕头很适合婉妲糟糕的脊椎。我们吃了药就陷入了沉沉的睡眠。

渐渐地，我的心情好了起来。那七天天气都很好，海水很清澈，我们游了很长时间的泳，散了很久的步。乡村让人轻松，有些时刻，大海呈现出蓝绿色，在强烈的阳光下熠熠生辉，西天的晚霞一片血红。尽管我们在吃自助餐时，不管是午餐还是晚餐，旅店里的客人都会争先恐后地争抢食物，就像一场混乱无序的比赛，婉姐总是怪我盘子里装的东西太少。大厅里回响着大人和小孩的叫喊声，让人心烦，晚上十一点后，服务员叮嘱人们不要去沙滩，说这很危险。到了睡觉时间，有很多栅栏门都会关上，有的是路边的门，有的是靠海的门。好吧，我们度过了一个美好的假期。

"这微风吹着真舒服。"

"很多年没有见到这样的海水了。"

"小心水母。"

"你看到水母啦？"

"没有，我好像没看到。"

"那你为什么吓我？"

"我只是跟你说一下。"

"你是为了破坏我下海游泳的心情。"

"才不是呢。"

因为婉姐的坚持，我们成功地争取到了沙滩上第一排的遮阳伞。在阴凉处，我们躺在躺椅上，面对着咸咸的海水。我妻子读着一些科普读物，有时候对我讲亚原子世界和宇宙深处的事情。我读小说和诗歌，有时候我会念给她听，其实也是想进一步享受那种乐趣。晚饭后，我们经常在阳台上看流星划过，这让我们非常激动。我们赞美夜空，赞美空气的清新，过去了半个星期了，不仅这片沙滩和大海，连整个星球对于我们而言都是一个奇迹。在接下来的那些天里，我感觉非常美好。我已经年满七十四岁了，我感觉到了生活的幸运，星系物质在宇宙这个火炉中沸腾，发生神奇的转变，我就像一块有活力、有思想的物质，没有太多疾病和灾难。唯一的烦恼就是蚊子晚上老是叮我，蚊子尤其针对我，不叮婉姐，以至于她坚称没有蚊子。生活多么美好啊！多么美好的生活啊！我其实一直都不是一个乐观主义者，但我惊讶于自己的乐观。

当我们该离开时——为了避开堵车，我们早上六点就出发了——天气恶化了。天空乌云密布，一路上都下着倾盆大雨，雨点又大又密。高速公路上开车要比去时危险多了，电闪雷鸣，非常可怕。就像去程一样，回去也一直都是我开车（婉姐开车技术很糟糕），尽管有时候我觉得自己简直没法控制车子，尤其是在拐弯时，总感觉要撞到防护栏，或者开到卡车下面去。

"用得着开那么快吗？"

"我开得不快啊。"

"你先停车，我们等一下，等雨停了再走。"

"雨不会停的。"

"天哪，闪电了。"

"现在，你会听到打雷的。"

"你觉得罗马的雨也会下这么大吗？"

"我不知道。"

37

"拉贝斯怕打雷。"

"它会躲起来的。"

我妻子只有在打电话给桑德罗或安娜时，才会提起猫，就是想知道一切是不是都还好，现在一路上，她都在很担心地谈论着猫。拉贝斯代表家里的平静，尽管她一个劲儿责备我开得太快，但她迫不及待地想回家去。我们发现罗马也在下暴雨时，就更加焦急了，道路两边脏水横流，在下水道盖前聚起了一潭黑水。下午两点钟，我把车停在我们住的那条街道上，尽管在下雨，但天气还是很闷热。我卸下行李，婉姐想为我撑伞，但那样一来我们都会淋湿，我让她先回去。僵持一会儿后，她同意了，我扛着箱子和包，湿漉漉地到了电梯间。妻子已经上去了，她在楼道里对我喊：

"不要管行李了，快上来。"

"怎么啦？"

"我打不开门。"

四

我没怎么在意婉姐的呼唤，我心想着，让她等一会吧，天又不会塌下来。我一边把行李放在电梯里，一边心平气和地回应着她愈发急切的催促："来了，来了，我这就来。"我把行李大包小包堆在楼梯平台上，我才发现她真的吓坏了。她用钥匙打开了门，但有些不对劲儿。"你看。"她指着虚掩着的门对我说。我推了推门，门卡住了，根本推不开。我使劲儿把头塞进门缝朝里看，脖子扭得生疼。

"怎么回事儿？"婉妲忧心忡忡地问。她拽着我的衬衫，好像生怕我跌进去似的。

"乱七八糟的。"

"哪里乱？"

"屋子里面。"

"这到底是谁干的？"

"不知道。"

"我给桑德罗打电话。"

我提醒她，两个孩子都去度假了：那天早上，桑德罗肯定已经和科琳的孩子一起动身去了法国，安娜呢，不知道她在哪儿。"那我也要打给他。"妻子说，比起我，她更相信儿子。她在包里找手机，却突然放弃了。她想起了拉贝斯，就用不容置疑的声音开始大声呼唤它。我们等待着猫出现，但没有任何动静，也没有猫叫声。我们只好一起使劲推门，地板发出刺耳的声音，门缝终于变宽了，我挤进了家门。

平日玄关那里干净整洁，现在已经变得面目全非了。客厅里仿佛有巨浪席卷而过，桌子被扔在了沙发上。安娜的旧书桌也躺在地上，抽屉脱落了，当然也可能是有人把它们拉出来了，都扔在地板上，有一个抽屉是朝上放着，其余抽屉都被打翻了，地上散落着旧本子、铅笔、钢笔、圆规、尺子和小玩偶，这些都是女儿小时候和青春期用过的。

我小心翼翼地走了几步，马上听到脚底传来"嘎吱嘎吱"的声响，因为踩到了地上的碎片。妻子喊我："阿尔多，阿尔多，怎么样，还好吧？"我检查了一下大门，是散落在地上的碎片堵住了门，我清理了一下地上，门打开了。妻子进来了，脚步很迟疑，似乎害怕被绊倒。她脸色变得惨白，经过日晒的古铜色皮肤变成了青灰色。我觉得她快要晕倒了，就抓住了她的胳膊，可她一下挣脱了。她一言不发，径直朝起居室走去，朝孩子以前住过的房间走去，朝厨房、卫生间和卧室走去。

我停在那里。一般来说，面对这种棘手的问题，我都会变得迟缓，避免做出错误的举动。而她呢，慌乱只是暂时的，过一会儿她就会埋头对付那些可怕的事情，竭尽全力进行斗争。从我认识她开始，她就一直是这样，这次也是如此。我听到她的脚步声在走廊里回荡，在房间里响起，我又一次强烈地感觉到自己很脆弱，我担心自己会裂开。我环顾四周，把头探进书房里看了一眼，同时很小心，没踩到地上那些画。一周以前，那些画还装点着墙壁，可现在它们躺在地板上，在碎玻璃和破裂的相框中间，在倒塌的书架、散线的书籍和碟片的碎片之间。婉妲出现在我身后时，我还在那里捡一张卡普里的旧风景画。"你在干吗？"

她惊慌地对我说，"别傻站在那里，过来看看，真的太糟糕了。"与此同时，她给我描述了家里被破坏的场景：衣柜被掏空了，衣架和衣服扔得到处都是，我们的床也被掀了起来，家里所有镜子都被打碎了，还有百叶窗都被拉开了，窗户和阳台都敞开着，谁知道进来了多少虫子啊！蜥蜴、壁虎，可能还有老鼠。婉妲哭了起来。

我重新把她拉到玄关那里。我把书桌移到角落里，把沙发上的桌子放到了地板上，我把沙发放好，让妻子坐在上面。"你在这儿坐一会吧。"我说，语气里有一种难以掩饰的烦躁。我从一个房间走到另一个房间，越来越不知所措。家里到处都是一片狼藉，要想把这套公寓整理得能住人，还需要些日子，需要花很大的力气和很多金钱。碟机摔在地板上，旁边还有很多发亮的碟片，之前用文件夹收纳好的东西都散落在地上，还有贝壳，很多很多贝壳都被踩成了碎片。安娜从小收藏贝壳，那些贝壳以前都放在一个纸盒子里。起居室、我的书房、两个孩子的房间，不管在哪儿，我发现我们喜爱的旧家具基本都遭到了破坏。卫生间呢？像猪圈一样：到处都是药品、药棉、卫生纸、挤出来的牙膏、镜子碎片和沐浴液。我感到痛苦的重压，不是我自己的痛苦，而是婉妲传递给我的，是她一直在照料这个家，就像房子是有生命的一样，她把这个家收拾得干净整洁、井井有条。这些年她总是强迫我和孩子遵守规定，不管怎样，每样物件都要用完归位。我回到玄关那里找她，她坐在半明半暗的阴影里。

"会是谁干的啊？"

"婉妲，肯定是小偷。"

"偷东西吗？这里没什么值钱的东西啊。"

"就是呀。"

"那为什么啊？"

"他们什么都没找到，就毁了我们的家。"

"他们从哪里进来的？门都锁好了啊。"

"从阳台，从窗户那里。"

"厨房抽屉里有五十欧，他们拿走了吗？"

"我不知道。"

"我妈妈的珍珠项链呢？"

"不知道。"

"拉贝斯去哪儿了？"

五

对，猫在哪？婉妲一下站了起来，她几乎是带着怒气在叫喊着猫的名字。我也跟着呼唤了，但没她那么有力、大声。我们在每个房间都找遍了，我们从窗户和阳台探出头，呼喊着猫的名字。它是不是从楼上掉下去了，妻子嘀咕了一句。我们住在四楼，下面的院子是石头地面。不会的，我宽慰她说，它可能藏起来了，也可能被那些进到房子里的陌生人吓到了。它很害怕，也很讨厌，就像陌生人碰了我们的东西时的感受。妻子突然猜测说：猫会不会被他们杀死了？她并不期望我回答，我望着她的眼睛，她分明在说：对，他们把猫杀了。她不再呼唤猫，又开始焦急地查看家里的东西。她挤进那些被推倒的家具中间，审视着那些没被掀翻的家具。那些小偷这样粗暴地对待家具，他们可能也会用同样的手段对待拉贝斯。我尽量走在妻子前面，更希望是我先看到小猫的尸体，并把它藏起来。我去检查了放冬装的衣帽间，有那么一刹那，我确信我会在衣帽间看到被大卸八块或者被吊死的猫，就像在恐怖片里看到的那样。但我并没看到想象中的那一幕，我只是看到了通常的情景：金属杆被扯下来了，地板上到处扔着衣服，却没有看到拉贝斯的踪迹。

婉姐好像松了一口气。她不仅仅意识到猫可能还活着，而且在搜索过程中，她惊奇地发现，她母亲留下的那串珍珠项链还在小抽屉里——这是她唯一的首饰——在洗碗池下面，她还找到了放在橱柜里的五十欧元，上面覆盖着一层洗碗粉。她忽然觉得那些小偷有点蠢。他们翻箱倒柜，把一切都搞得乱七八糟，不知道要找什么宝贝，但他们却没找到那些可以偷的东西：一串珍珠、五十欧元。好吧，我安慰她说，现在歇会儿吧。我来到了书房和客厅，从那里的阳台向外看，我是想搞清楚小偷是怎么爬到四楼的，我其实是想在院子里找拉贝斯的身影，只是不想让妻子发现。一楼顶棚上深色的痕迹是什么？是不是雷雨也无法冲刷掉的血迹？

我确信，小偷——两个或三个——是沿着下水管爬上来的，他们爬到房檐边上，从那儿进入我们的阳台。他们用手把百叶窗拉了上去，把破旧的落地窗弄开，并没有把玻璃打碎，然后他们进到家里。看着阳台和周围的窗户，我带着一丝懊悔想，早知道会这样，当时就应该装上防护栏。家里也没什么值钱的东西，为什么要搞得戒备森严呢？我回到屋子里。在那种时刻，乱七八糟的房子也没有周围的寂静那么让人不安。我和妻子都无法倾诉自己的遭遇，给别人讲讲我们遭受的损失，得到一些安慰和建议，还有对我们的同情。大多数邻居都还在度假，周围听不到脚步声和说话声，也听不到开门关门的声音。阴雨天让每样东西都显得很不真实。婉妲应该看穿了我的心思，她说：你把行李拿进来，我去看看纳达尔在不在。她没等我同意就出去了，很明显，她再也受不了和我单独待在家里。我听到她下楼了，她停在了二楼，敲了邻居的门，那是一个多年的老朋友，也是楼里唯一一个几乎不去度假的人。

我把行李拉了进去，在这个杂乱的房子里，那些行李看上去是唯一一堆整齐的东西，即使箱子里装满了脏衣服，但那是我们唯一一没被别人碰过的东西。我清楚听到妻子和邻居的声音，她语气很激动。纳达尔时不时会打断她，语气很文雅。纳达尔是一位退休的法官，九十一岁了，虽然年纪很大，但脑子很清楚，也很热心。我来到楼梯间，站在楼梯口看下去，看到纳达尔拄着拐杖，我从侧面看到他的秃头，还有上面几根稀疏的白发，他正在说着一些宽慰的话，用词考究，但像通常那些耳背的人，他说话嗓门很大。纳达尔想提供一些有用的信息，他听到了一些动静，不过不是深夜，而是在晚上。他当时以为是雷声，罗马从昨天开始下雨，一直下到现在。他很确信听到了猫叫，而且持续了一晚上。

"猫在哪儿叫？"我妻子马上追问道。

"在院子里。"

婉妲抬起头，看到我站在楼梯的最上面。

"你赶快过来，"她大声说，"纳达尔听到了院子里有猫叫。"

我不太情愿地走了下去，如果我可以做决定的话，我就会关上家门回海边继续度假。纳达尔执意想跟我们一起找拉贝斯，即使我坚持说，天还在下雨，他就不用去了。我们仨在院子里呼喊着猫。但我没办法一心一意找猫，我想：幸亏雨水已经把血迹都冲刷掉了。我想：我们不会找到它的，它一定藏得好好的，想安安静静地死去。我偷偷看着我的邻居，他那么消瘦，佝偻着身体，脸上的皮肤有些发红，紧紧贴在前额和颧骨上。假如我还能活那么久，我将来会不会和这个男人一样？还有二十年：我和婉妲，

45

婉妲和我，有时桑德罗和几个孩子会来看我们，有时安娜会来。我们需要重新收拾一下这套房子，让它恢复原貌，而不是在这儿浪费时间。

纳达尔忽然拍了一下额头，他忽然想到了一件重要的事情。他对我说：

"这些天里，有人按了你们家门铃。"

"谁？"

"我不知道，但我听到了门铃声。"

"我们家门铃？"

"是的。"

我用开玩笑的语气说：

"你听到了我们家门铃，却没听到小偷把我们家搞得乱七八糟。"

"耳背的人总是习惯于倾听那些细小的声音，而不是很大、很嘈杂的声音。"他为自己辩解道。

"他们按了几次门铃？"

"五六次。有一天下午，我还伸出头看了看。"

"是谁啊？"

"一个女孩子。"

纳达尔觉得我妻子也是一个"女孩子"，我就让他描述了一下那女孩子的样子，但他说得很含糊。

"很娇小，黑头发，最多三十岁。她说要把广告单放在信箱里，我没给她开门。"

“你确信她摁的是我们家门铃吗？”

“非常确信。”

“然后呢？”

“昨天晚上也有人摁门铃了。”

“还是那个女孩吗？”

“我不知道，当时有两个人。”

“两个女孩？”

“一个男的，一个女的。”

婉姐站在喷泉边上对我招手。她消瘦的面孔上毫无血色，绿色的眼睛显得很突兀。她说：

“这有一只死鸟。”

只有我能理解她的意思：拉贝斯是个好猎手，会飞的鸟儿也逃不过它的爪子。我把纳达尔丢到那里，径自走到了妻子跟前。因为下雨的缘故，她的白发全粘在头皮上。我对她说，这并不能说明什么问题，你先回家吧，我去一趟警察局。她用力地摇了摇头，想陪我一同去，而我们的邻居也摆出了法官的架子，就像他没从法院退休了二十年一样。他一直在坚持说他会帮我们，他也跟着我们去了警察局。

六

我们拿着滴水的伞，到了离家最近的警察局，一位礼

47

貌周到的年轻警察接待了我们，我们进到一间很小的办公室里。纳达尔一进去就开始自我介绍，连名带姓——纳达尔·达贝罗，他还特别强调了一下他的职业：法院院长。他用一种权威的语气讲了发生的事情，说得精确简洁，但他马上把话题拉到自己身上，讲述了他在风云多变的二十世纪的丰功伟绩。那位年轻的警察听得入迷，就像忽然下到了阴间，听死人闲聊一样。

有好几次我都想插嘴，把话题重新拉回来，说说我家公寓遭到的破坏。邻居的自吹自擂让我有些烦，我终于可以插话了，忍不住想强调：我也不是一般人。我告诉那个警察我的名字，并且重复了两三次——阿尔多·米诺里，阿尔多·米诺里，阿尔多·米诺里——就是想看看他有没有反应。而那个警察没什么反应，我说起了八十年代我做的一系列电视节目，这些节目基本都是我一手策划的，给我带来了一定的知名度。但这位警察那时候应该还没出生，或者年纪很小，他没有听说过这个电视节目，也没听说过我。他有些不自在地笑了笑，用一种权威的语气耐心地说：说正事儿吧！他流露出的威严是我和纳达尔早已失去的。

我很尴尬——通常情况下，我是个斟酌词句的人，不讲废话——我重申一下：小偷把我们的公寓给毁了。但这次我又忍不住离题了，我有些语无伦次地提到了那个多收了我五欧元的送货员，还有一星期前在家门口骗了我的那个男人。还不止这些，我还把纳达尔也牵扯进来，我让他

48

说了说这星期按了我们家门铃好多次的那个女孩，还有我们回来前一天，出现在门口的那一对男女。纳达尔很高兴又有说话的机会了，他仔仔细细讲了每次门铃响的情况，有很多不必要的细节。后来纳达尔的话被打断了，有人打开了我们身后的门，我们仨扭头看之前，那人做手势和那位年轻的警察交流了什么。警察忽然笑了起来，他很难再严肃起来，他嘀咕了一句对不起，最后他问：

"他们偷了什么东西？"

"他们偷了我们什么东西？"我重复了一句，但我在问我的妻子。她一直都保持沉默，这时候她嘟囔了一句：

"什么也没偷。"

"金首饰丢了吗？"警察问。

"我只有这对金耳环，不过我总戴在耳朵上。"

"有其他首饰吗？"

"有一串我母亲的珍珠，但他们没找到。"

"是你藏起来了吗？"

"没有。"

这时候我插了一句：

"小偷把家里的东西都翻了个底朝天，但他们找得不是很用心，他们连我妻子放在橱柜里的五十欧元都没找到，他们恼羞成怒打翻的洗碗粉盖住了那五十欧元。"

那个年轻警察流露出很不满的神情，他又转向纳达尔说："肯定是吉卜赛人干的，他们让小孩从窗户或阳台爬进

49

去，用家具抵着门，防止主人突然回来，然后在家里乱翻，他们会找金首饰。亲爱的先生，如果他们什么都没找到，就会报复，在家里搞破坏。"我指出并没有家具抵着我们家门，门是被一些摔碎的东西卡住了。我又补充说："或许您可以派个人去看看，可能家里有那些小偷的指纹。"听了这话，警察更不耐烦了。他用一种受过良好教育的年轻人的语气，有些强硬地总结说：电视上演的是一回事，而现实却是另一回事。这种事情经常发生，我们没有在梦中被杀死在床上，已经算很幸运了。他还说，政府在削减维护社会治安的警察，在加强军队力量，在这个贫穷人口越来越多的时期，这项举措会损害市民安全，可能也会损害民主，谁知道呢。他让我们明白，提起以前的法官，还有以前的电视节目，这也证明了：现在这个世界非常糟糕，也有我们的责任。最后他建议我们在窗户上装上铁栅栏，安装警报系统，一旦有飞贼靠近就会报警。他还用一种带着讽刺的语气说，他觉得装那些东西也没什么用，我们家里也没什么可偷的。

我妻子坐在椅子上，有些激动地说：

"我们的猫不见了。"

"哦。"

"会不会是他们带走的呢？"

"出于什么目的呢？"

"我不知道，可能是想要赎金吧。"

那个警察笑了，那是一种很友好的笑，无论是对我还是对纳达尔，他都没这么友好。"一切都有可能，米诺里太太，您现在不要胡思乱想了，您可以往好的方面想。这可是一个您整理公寓的好机会，扔掉那些无用的东西，重新找到那些有用的、被遗忘的东西。至于那只猫，它可能只是抓住机会去寻找爱情了。"

我笑了，纳达尔也笑了。

婉姐没有笑。

七

我们回到家里，雨也停了，纳达尔很想去看看我们一片狼藉的公寓，我们费了很大劲儿才摆脱他。我妻子生气地说，纳达尔真是老糊涂了，他在警察面前自吹自擂，惹得那个警察很不高兴，你也比他好不到哪里去。妻子说得有道理，我没反驳，这个事实让我很沮丧，我想帮她收拾厨房，但她很快就把我打发走了，她说我只是给她添乱。我来到书房阳台上。我希望在大雨过后，空气会清爽一些，但天气还是很闷热，滴滴答答的雨水打湿了头发和衬衫，脏兮兮的，让人很烦。

婉姐叫我去吃晚餐，语气也许有些过于霸道，我们吃饭时也没怎么说话。后来她又想到给两个孩子打电话，我建议她不要打，我说他们的生活已经够复杂了，让他们安心度个假吧。桑德罗应该刚到普罗旺斯的岳父岳母家，安娜应该也已经到了克里特岛，不知道她和一个什么样的新男友在一起呢。为了捍卫两个孩子的安宁，我说就不要打扰他们了。但她还是给两个孩子发了短信，内容差不多是这样：我们家进贼了，拉贝斯也不见了。安娜很快就回复了短信，和往常一样，内容极其简洁：哦，天啊！真难过，太倒霉了，不过你们也不要太累。桑德罗也和往常一样，在一个小时后发来一条精心编写的短信。他说，按照之前的约定，前一天晚上，他九点到九点半在家里，那段时间家里整整齐齐，一切都很正常，拉贝斯也在家，也好好的，他要我们跟警察说说这个情况。他最后用很关切的语气，建议我们去酒店住一晚。

两个孩子的短信让婉姐很欣慰，比我在她面前给她带来更大的安慰。晚餐后，我们就开始整理卧室，我突然想起出租车司机的事情，还有我妻子当时的反应。我忽然感到一阵害怕，我担心现在东西被翻得乱七八糟的，她会不会看到一些我私人的东西，一些会让她伤心、生气的东西。我们把床收拾好，我马上劝她躺下。

"那你呢？"

"我去收拾一下客厅。"

"别弄出太大动静。"

我径直来到书房，想看看几十年前我在布拉格买的金属方块是不是还在原来的地方，我之前把它摆在书架的最上面。那是一个长宽高都是二十厘米的立方体，外面是蓝色烤漆，这个方块一下子就吸引了那个送理疗仪的姑娘。婉姐一点儿也不喜欢这个摆设，可我很在意它。刚搬到这儿时，我和妻子讨论了很久，最后我把它摆在书房最高处，和一些我们不是很喜欢的装饰品放在一起。我把那个方块放在最里面，从下面基本看不到，表面上是为了让妻子满意，但事实上，我希望婉姐能慢慢忘记它。婉姐不知道，只要用力按一下方块的一面，那一面就会像门一样打开。婉姐自然也不知道，正是因为这个特性，我才会买下这个方块，我要把我的秘密都藏在里面。我看到书架上的方块有些摇摇欲坠，但还在原来的地方，我松了一口气。

八

我小心翼翼地关上门，那道门把客厅、书房和卧室隔开了。现在阳台上终于吹进来一点点凉风，送来阵阵雨水的味道和罗勒的清香。此刻婉姐正在睡觉，我不用再佯装镇静自如，焦虑很快就占了上风。最近，每件让人不安的小事，都会在我脑子里放大，变成一种顽固的念头，让我无法摆脱。那个拿了我一百欧元的男人，还有那个骗走我五欧元的女人，这时候不断浮现在我脑子里。我突然想到，他们俩可能是商量好的，一起谋划了这次入室偷窃，或者事情更简单，他们把我的地址卖给了小偷。我越来越觉得，事情真是这样，纳达尔说有一对男女按我家门铃，一定就是这两个人。他们一定对偷盗结果很不满意，或许他们决定派更专业的小偷来我家，或者他们会亲自来。我不睡了，我想，我要醒着等他们。

我？等他们？我怎么对付他们呢，靠什么决心，我哪来的力量？

我年纪也大了，这些年我越来越力不从心。我发现我有时候会把两步台阶看成一步，这对我来说很危险，我会跌倒；我的听力比纳达尔还差；在任何紧急情况或是危险面前，我已经无法迅速做出反应。除此之外，有时候我认为自己刚喝了药，关好了天然气和水龙头，但我只是想到了这些，并没实际做。我有时候会把很久之前的梦境当成真实发生的事。在看东西时，我总是会把一些词混淆，比如说最近一张贴在大门上的告示，那是打印在一张纸上的，用大写字母写着"通向律师事务所"，我当时看成了"通向自杀事务所"，这样的事经常发生。至于说最近，很明显，人们发现我已经没有防御能力了，他们就利用了这一点。我觉得自己太可笑了，我自言自语说：你老了，胡思乱想什么呢，收拾一下就去睡觉吧。

我一眼扫过书房和客厅，我无从下手，最后我决定把要扔的东西都堆到门口。我检查了那两台电脑，它们还能用，这真是一个奇迹，但一些听音乐、看电影的设备不能用了。我用扫帚把地板上的碎片扫到门口那里，有书本、碎花瓶、装饰品碎片、老照片、录像带、胶片、婉姐的很多活页笔记本、CD、DVD、纸片和文件，总之有好多东西，都是小偷从抽屉、从两个房间墙壁上的架子上翻出来的。

这对于我来说是一项艰巨的任务，最后我看到腾出来不少空间，十分满意。我决定把书房也整理一下。我叹息着坐到地上，把地上的东西进行分类：书籍、文件还有其他零碎的东西。刚开始我动作很快，让我痛心疾首的是：有不少书被撕成了两半，封面也不见了，扔得到处都是。哎，事已至此，我只能把完整的书放在一边，把那些被毁掉的书放在另一边。但我犯了一个错误，我从书堆里拿出一本翻阅了一下，不由自主地看到我不知道什么时候用笔画出的段落。我觉得很奇怪。我为什么要把有些词圈出来呢？是什么促使我在一段话旁边标注一个感叹号呢？现在看着这些话，我觉得毫无意义。我忘了我在整理书房，是为了让婉姐起床后不要那么沮丧。我忘了我在这儿收拾是因为我睡不着，因为天太热了，也因为我觉得不安全，我担心小偷又回来了，他们可能会威胁我们，把我们绑在床上殴打。但我却在这里看自己以前划的重点。我看了几页，努力回想我钻研这些书的时间（一九五八年，一九六〇年，一九六二年，结婚前还是结婚后？）。我不想追寻作者当时的心境——这些作家都已经被人遗忘了，书页也泛黄了，书中的观点也已经过时，不符合现在的文化主流——我回忆的是当时自己的心境，就是那时候我赞同的东西，我的信仰、思想和未来。

夜晚越来越寂静了。在那些做了记号，标注感叹号的话里，我找不到任何有共鸣的东西（那些优美的语句怎么了？它们当时那么打动我，怎么会失去意义，或者说为什么会变得面目全非、尴尬又可笑呢？）。最后，我决定不再管那些书了。我开始整理纸盒，放纸片和阅读卡片的文件夹，还有我二十岁之前写的小说和故事。有很多剪报，那都是以前我在报纸上写的文章，还有别人写我的文章。在找到那一大堆文件之后，我还找到当时在广播上做节目的录音带，还有一些录像带和DVD记录着我的黄金时代，那时候我在电视台制作节目。尽管婉姐对我的工作不感兴趣，但她还是精心收藏着这些东西。好吧，我找到很多材料，能证明我很长一段时间的生活。我就是那些材料吗？我是书本上做的记号？是写满标题和引文的纸片（比如说：我们的城市就是一个动物饲养场；家庭、学校和教堂是孩子的屠宰场；中学和大学就是厨房。成年以后，在婚姻和工作中，我们吃着最后的成品。还有，爱情的出现破坏了我们生活的这个社会良好的秩序。）？我是我二十岁时写的那篇长篇小说吗？里面讲述了一个男孩要日以继夜地工作，就是为了偿还父亲与自己等重的金子，这样他就可以摆脱父亲和原生家庭。我是在七十年代中期发表的那些关于化学家的文章吗？我是那些关于党派形式的发言吗？我是那些参与讨论流水线、工人工作的评论吗？我是那些在大城市生活的日常体验吗？堵车、在银行或邮局排长队？我是那些让我出名、饱含着讽刺的评论吗？这些观点让我一步步地成为一个成功的电视明星。我是在很多年前做的那些细致周到的电视采访吗？在八十年代和九十年代，我在电视上批判张三，颂扬李四。在那个搭建成露台样子的舞台上，在反光灯下走动的人是我吗？我是三十年前和别人沟通，客气而骄傲的声音吗？我想起六十年代我埋头苦干的日子，就像人们说的，为了成功我付出了各种艰辛。这就是最后的成果吗？就是十年来的手写或打印出来的文字、勾划的痕迹、读书卡片、书本、报纸、软盘、USB闪存盘、硬盘和云盘？我成功了，我做到了：是不是我只要输入阿尔多·米诺里这几个字，客厅的这堆东西就会迅速传到谷歌的数据库里？

我告诉自己：不能翻阅这些东西了，我要回到整理工作上。我把婉妲的活页本放到纸箱里，活页本上写着大大小小的金额，记录了我们家从一九六二年至今的经济史，那些小方格纸片上仔仔细细地记载着我们家每项收入和支出，如果她同意，现在已经到把这些东西都扔掉的时候了。我把要丢掉的书全部堆到房间中间，把那些完好无损的书放在还没有被推倒的书架上。我把那些装剪报的文件夹，装有笔记本、录像带和DVD的箱子放到桌子上。最后把那些零碎东西装进垃圾袋，垃圾袋有几个地方破裂了，我又套了一个在外面。最后我开始整理照片，很久之前的和现在的照片都混在一起了。

我有很长时间没看那些老照片了，我觉得那些照片很丑，没什么意思。现在我已经习惯数码相片，我和婉姐的电脑里存了很多：高山、田野、蝴蝶、含苞待放或刚刚绽放的玫瑰、大海、城市、历史古迹、绘画和雕塑，还有亲戚、前儿媳、前女婿、两个孩子的新伴侣，还有每个阶段孙子孙女的成长照片，以及他们的小伙伴。总之，生活从来没有像这样记录得这么完整。记录了现在还有过去不久的时光：那些遥远的事情就让它过去吧。

我不想看照片上的自己，不喜欢看到自己苍老的面孔，其实年轻时我也不喜欢自己的样子。我看了看桑德罗和安娜小时候的照片，他们那时候真漂亮啊。我又看了看他们青春期时恋人的照片，他们很年轻，很可爱，但很快就从我们的生活中消失了。我又看到了我和婉姐的朋友，我已经忘记他们是谁了，那时我们来往密切，只是后来忘记他们的名字了，或者带着敌意叫他们的姓。我的目光停在一张在我们家楼下院子里拍的照片上，不知道是谁拍的，可能是桑德罗。这张照片是我们搬到这里之后拍的。我和婉姐旁边站着纳达尔，我算了算，他那时有六十多岁了，和现在比起来，他真是年轻。我盯着纳达尔，心里琢磨着：一个人在步入老年之后，还会发生那么大的变化。照片上，我们这位邻居高大和蔼，头上还有不少头发，看起来还不错。我正要把这张照片放到一边，但婉姐吸引了我的目光。

有那么一刹那，我没有认出她来，我很惊异。她那时候多少岁，五十岁？四十五岁？我拿起她的另一些照片来看，尤其是那些黑白照片。我越来越觉得，我是在看一个陌生人的照片。我是在一九六〇年认识她的，那时候我二十岁，她二十二岁。关于那段时间，我脑子里没有什么记忆。我不记得当时对她的感觉，不记得她是不是漂亮，那时候我觉得美貌是很庸俗的东西。可以这么说，当时我很喜欢她，我觉得她很优雅，我对她有一种很节制、很理性的渴望。当时她是一个很聪明、很用心的女孩。我是因为这些品质爱上她的，我觉得更奇妙的事情是：她那么优秀，居然会爱上我。两年后我们结婚了，她认真负责着家庭日常生活中大大小小的事。我们一边学习，一边打零工，那时我们没有钱，生活极其拮据。

我看到了她那个时期的一些特征：衣服是她自己缝的，鞋子破破烂烂，鞋跟儿也磨损得很厉害，一双大眼睛没有任何化妆的痕迹。我没认出来的是她的青春，那张照片上，婉妲散发着一种独特的光芒，我发现我一点儿也不记得这种光芒。她身上没有一丝一毫可以让我说：是的，她就是这样。我想着现在躺在卧室的女人，那个做了我五十年妻子的女人，我觉得她和照片里不是一个人。为什么呢？难道是从第一次见面开始，我就没好好看过她？是我没有关注到她吗？我找到了她一九六〇年到一九七四年间的所有照片。我的目光停留在对我们来说意义非凡的那一年：照

59

片不多，那个年代人们很少拍照。照片上，婉妲不到四十岁，她是一个很有魅力，甚至很漂亮的女人。我仔细看着一张有些发黄的照片，照片背后用铅笔写着"1973"。照片上是婉妲和两个孩子，那时桑德罗八岁，安娜四岁。两个孩子看起来很高兴，他们紧紧靠在母亲身边，婉妲也很幸福，我给他们拍照时，他们欣喜地看着我。从他们喜悦的眼神中就能看出，我当时就在他们眼前。直到现在，我才发觉妻子流露出对生活的欣喜，这种喜悦让她整个人充满光彩。一切都在漫不经心中过去了。我迅速把所有照片放进两个金属盒子。我真的从来都没有好好关注过婉妲吗？不过这个问题有什么意义呢，现在我对什么都不是很确信。卧室里的她，只有沉重眼皮下的绿色眼睛和五十年前一样。

我起身看了看手表。凌晨三点十分，外面只能听到夜鸟的叫声。我关好窗户，拉下百叶窗，再仔细看了一眼书房。还有很多东西要收拾，但现在已经看起来好多了。我正准备上床睡觉，这时我看到打扫时漏掉的一块花瓶碎片。我把它捡起来，在碎片底下我发现一个黄色信封，鼓鼓的，用橡皮圈紧紧扎着。尽管十几年来我从来没想起过这些信，尽管我把它藏在某个地方，想让自己忘记这件事儿，但我还是马上就认出它来了。信封里装着婉妲从一九七四年到一九七八年写给我的信。

我感到窘迫、尴尬和痛苦，我想在婉妲起床之前把这些信藏起来，或是把它们和废纸一块儿扔掉，我现在要马上下楼去，把它们丢到垃圾桶里。这些信包含着巨大的悲痛，如果把它们拿出来，悲痛会蔓延到整个房间、客厅，冲进关着的门，会传到婉姐那儿，把她从睡梦中惊醒，让她扯着嗓门大喊大叫。但我既没有把信藏起来，也没把它丢到垃圾桶里。此时，我觉得好像肩膀上背负着很沉重的东西，我坐到地板上。我松开信封上的橡皮圈，在大约四十年后，我再次读这些信，我没仔仔细细一行行看这些发黄的信，我只是这里看几行，那里看几行。

第二章

一

"尊敬的先生，如果你忘了，那也没关系，我可以提醒你：我是你的妻子。"那天夜里，这是跃入我眼帘的第一行字，把我带回了以前的时光。那时候我离家出走，因为我爱上了另一个女人。在那封信顶端写着时间：一九七四年四月三十日。这已经是很久以前的事了，那时我们还住在那不勒斯一间破房子里。在一个温暖的早晨，我告诉妻子我爱上别人了。也许我当时真应该这么说：婉姐，我爱上别人了。但实际上，虽然我当时态度很粗暴，但现在想想，我说的话并不是那么决绝。

当时房子里没有两个孩子吵吵嚷嚷的声音，因为桑德罗在学校，安娜在幼儿园。我说：婉姐，我要告诉你一件事，我和别人在一起了。她一脸难以置信地盯着我，我也被自己的话吓到了。我嘟囔了一句：我本来可以不告诉你的，但我更希望你知道真相。最后我补充说：我很难过，事情就那么发生了，抑制欲望是很可悲的事儿。

婉妲骂了我,她哭了,她握紧拳头砸了几下我的胸脯。她后来向我道歉,但又开始发火。我当然知道她无法接受这件事,但我没想到她的反应会那么激烈。她是一个脾气很好的女人,很讲道理,我没料到她会那么难以平复下来。在那个年代,婚姻作为一种机制已经陷入了危机,家庭也奄奄一息,对伴侣忠诚是小资产阶级价值观。她根本就不在乎这些,她只希望我们的小家庭能健健康康、幸幸福福,她希望我们永远忠于彼此。她很绝望,她希望我马上告诉她让我背叛她的女人是谁。我背叛了她,是的,她眼里饱含着泪水,充满屈辱地对我喊道。

　　晚上,我斟词酌句,试着向她解释这不是背叛,我很尊重她,真正的背叛是背叛自己的本能、需要和身体,是背叛自己。都是瞎扯!她叫喊着说,但很快就压低了声音,因为怕吵醒两个孩子。整个晚上我们都在小声吵架,那种没有叫喊出来的痛苦让她眼睛变大,让她脸上的线条变得扭曲,比大喊大叫更让我害怕。这一切让我害怕,但却没有让我动容,她的痛苦没有进入我心里,变成我的痛苦。我处于一种陶然的状态之中,那种惬意像一件防护服一样包裹着我。我开始让步,争取时间。我说她要看清现实,这很重要,我们俩都需要时间反思,我说我心里很乱,她要帮助我。然后我就离开了,很多天都没回家。

二

我不知道自己是怎么想的，可能我的想法也不是很明确。我当然不讨厌我的妻子，我对她没有任何怨恨之情，我爱她。我很年轻就结婚了，那时我还没完成学业，也没有一份固定的工作，我觉得结婚是一件很刺激也很享受的事儿。我感觉通过早早结婚，我推翻了父亲的权威，真正成为自己生活的主宰。这当然很冒险，因为我的生活来源非常不稳定，有时候我会很害怕。但刚结婚的那几年很美好，我们是新时代夫妇，我们一起对抗那些繁文缛节。后来这场浪漫的冒险之旅就成了日复一日的重复，我们的生活整天都围着孩子转，尤其是我的角色发生了变化，我要扮演丈夫和父亲的角色。后来忽然间，周围一切都仿佛变得黯然失色，就像一场瘟疫席卷了所有机构，首先是大学。那时候我进入大学工作，但实际上并没有什么前途。世界忽然变了，潮流也变了，我当时很年轻就结婚，拥有自己的家庭，这并不是独立的表现，而是一种落后。我那时不到三十岁，但我觉得自己已经很老了，不幸的是，按照当时主流的政治思想和文化，我已经属于那个没落的世界，我的生活方式已经过时。尽管我和妻子还有两个孩子感情很深，但我很快受到新生活方式的影响，就是试图切断一切传统的关联。有一次我借口说我无名指变粗了，戒指太小了，我找人把婚戒切断了。婉姐当时很难过，她希望我能采取补救措施，再把结婚戒指戴上，因为她一直戴着结婚戒指。

那时候莉迪娅刚上大学，她追随当时的潮流，学的是经贸专业，而我是一个没有任何前途的希腊语法助教。我和莉迪娅的关系可能是当时的社会风气使然，可以肯定的是，假如我为了妻子和孩子放弃莉迪娅，这不符合当时的社会潮流。假如像那些地下恋情，两人偷偷见面，这也不符合那个时代的精神。莉迪娅当时不到二十岁，但她已经有了一份工作，也有了一套自己的房子，位于一条花香四溢的漂亮街道上。我一有机会就去找她，每次摁响她家门铃，我们一起散步，一起看电影或去剧院，都促使我急切地想告诉婉姐真相。但我不认为我对莉迪娅的欲望能生根发芽，我不认为我会不停地想要那个女孩。相反，我几乎可以确信，我对莉迪娅的渴望很快会减弱，她也会很快回到那个交往了几个月的男孩子身边，或者会很快找另一个同龄人，一个没有家室拖累的男人。结果是我向婉姐摊牌，告诉她我和莉迪娅之间的关系，我只想能从容度过这段时间，没有任何欺骗和隐瞒，一直到我们激情耗尽。总之，在我们第一次发生冲突，我离家出走之后，我很确信自己会很快回去。我心想：这个小插曲也许能帮我和妻子重新建立关系，让她知道我们不能像之前那样循规蹈矩地生活。也许出于这种心境，我对她说："我和别人在一起了。"而不是说："我爱上别人了。"

在那个时期，爱上别人是一件有点儿可笑的事情，爱情就好像是十九世纪的遗毒，暴露出一种很危险的僵化倾向。如果爱上别人，你就要马上和自己做斗争，省得让伴侣不安。出轨已经越来越正常化了，无论你有没有结婚。"我和别人在一起，我曾经和别人在一起，我现在和别人在一起。"这句话表达了某种自由，而不是一种罪过。当然，我意识到在妻子听来，这句话实在是太残酷了，尤其是在婉姐耳朵里，这句话太让她无法接受了，因为她和我一样，从小接受的思想是：先相爱，然后两个人才能在一起。但是——我想——她必须接受那些可能发生的，还有发生的事情，也许，我回归家庭之后，这种事情也会继续发生。在这种理念下，我度过了一段非常幸福的时光，和莉迪娅在一起，我越来越幸福。我希望婉姐能理解当时的状况，能跟得上形势，不再跟我吵闹。

后来我意识到，我和莉迪娅不仅仅是一种肉体关系，我们不是在挑衅人们对于通奸的偏见，这不仅仅是一种愉悦的性关系，也不是当时席卷世界的性解放带来的结果。我爱那个女孩，我用一种最古老、最落后的方式爱着她，也就是说，我是全心全意爱着她。我一想到要离开她，回到妻子和孩子的身边，我会失去活下去的欲望。

三

我爱上了莉迪娅，我用了一年时间才承认，我用一种沉默的方式接受了这个事实，但我从来都没有勇气和心力告诉我妻子。婉姐越来越憔悴了，这也是我一手造成的。我和别人在一起了，这对她来说是一件非常可怕的事。后来她逐渐接受了发生的事情，她开始试着说服自己，那是因为我在女人面前缺乏经验，那是我一时糊涂，出于好奇犯下的错误。她希望过一阵子我的狂热劲儿会退去，她竭尽全力想挽回我，通过语言，也通过书信。她有些不知所措，她没法相信——她把我当成生活的全部，她和我一起睡了那么多年，她和我生了两个孩子，她总是无微不至地照顾着我的生活——因为一个陌生女人的缘故，她被冷落了，而那个女人永远也不可能像她那样照顾我。

每次我们见面时——通常都是我缺席很长时间之后——她总是尽量心平气和、推心置腹地跟我说她的所思所想。我们坐在厨房的餐桌前，她开始列举因为我离开造成的一切具体的问题，两个孩子需要我，她现在不知道该怎么办。她的语气通常都很客气，但有一天早上她忽然崩溃了。

"我做错了什么事吗？"她问我。

"绝对没有。"

"那是什么地方出了问题了呢？"

"没有什么问题，这是一个非常复杂的阶段。"

"你觉得很复杂，那是因为你眼睛根本就看不见我。"

"我看得见你。"

"不，你只能看到那个围着锅台忙碌的女人，那个打扫卫生、照顾小孩的女人，但我不止是这些，我是一个人。"

一个人！一个人！一个人！她开始叫喊起来，很难平静下来。那是一个非常漫长、艰难的时刻。那个阶段，她想向我证明她不再是十年前的小姑娘了，她成熟了，她是一个全新的女人。她两只手紧紧握在一起，想控制自己的情绪，她说，有没有可能，只有你没看到这一点？这时候我不知道怎么回答她，我把话题扯开了，我说了家庭的种种弊端，还有摆脱家庭的紧迫性。她接着我的话题讲，她用一种佯装的镇静向我表明，她很了解我读的那些书，她也早就开始了自我解放，我们可以，我们必须一起才能实现解放。后来，她忽然间爆发了——她看到我迫不及待地想离开，因为我不想让她的痛苦影响到我的美好状态，我不想面对这场痛苦的争论带来的不安——她无法故作镇静，我们这次会面的情况发生了变化。婉妲用带着讽刺的语气说话，她开始叫喊，失声痛哭，对我破口大骂。她忽然叫喊着说：

"你对我厌烦了吧？你告诉我，你对我厌倦了！"

"没有。"

"那你为什么一直看表，你有急事吗？你担心赶不上火车吗？"

"我是开车来的。"

"是她的汽车吗？"

"是的。"

"她在等你吗？你今天晚上干什么？你们会去餐馆吃晚饭吗？"

她毫无缘由地笑了起来，然后她跑到卧室里，用哽咽的声音给两个孩子唱以前的老歌。

过了一会儿，她的情绪会平复下来，她总能控制自己的情绪。但每次她平静下来，我总觉得她失去了一些东西，在以前的时光里曾经吸引过我的东西。她以前从来都不会这样，是我毁了她，然而，她的这种自我毁灭让我更有理由远离她。怎么可能——我想——一个人得到一点儿自由就是那么难的事儿吗？为什么在我们国家，人们的思想这么落后？为什么在进步的国家里，一切都会容易一些？

那是一个非常炎热的午后，后来我有了离开的机会，我正要走，她跑过去把门反锁了。她把桑德罗和安娜叫了过来，她说：爸爸觉得自己像犯人一样，没有自由，那我们玩个游戏，让他真的扮演犯人。两个孩子假装出很好玩的样子，我也假装玩得很有兴致，但她没有，她压低了嗓门说：哈哈！你再也出不去了！但她把那串钥匙甩给了我，然后把自己关进了洗手间。我不敢离开，我让桑德罗去叫她。她重新出现了，她说：我刚才是开玩笑。但她一点儿也没在开玩笑。她很疲惫，她晚上睡不着觉，她想尽一切办法，想让我回到以前的生活，但是她没做到。现在她试图打动我，有时候让我生气，有时候是恳求我，有时候是

69

吓唬我。你不应该这样挽留我，我对她说。她非常气愤地说：谁挽留你了？你走吧。但两分钟后她又开始嘀咕：你等一下，你坐下，你的疯狂让我也要发疯了。

让她最绝望最精疲力竭的是：我不想向她解释我为什么要做出这样的选择。你告诉我，你给我写为什么。但我不知道该怎么跟她说，我找了一些搪塞的理由。有时候我会小声说：我不知道。当然，我在说谎，我知道我为什么那么做，我越来越心知肚明。我和莉迪娅在一起的时光很愉悦，很轻松，永远不会厌烦。我觉得自己精力充沛，我写东西，发表文章，受到人们的欢迎，那就好像我从童年开始就深陷的沼泽忽然间被那个优雅、有内涵的姑娘改造成了良田。刚开始，那是一个妙不可言的四月：在春天和她一起睡觉，在春天和她一起吃饭，在春天和她散步，在春天和她旅行，看着她——入迷地看着她——她穿着春天的衣裳。我想：我会在五月底回到家里。但春天一下子就过去了，日历翻到了夏至那天，我觉得自己要死了。这时候我对自己说：等过了夏天吧，我要和莉迪娅在一起度过整个夏天。但夏天也过去了，我无法忍受没有她的秋天。后来秋天也过去了，冬天也过去了。在那一整年里，尽管我会和妻子、孩子见面，但对于我来说，那只是莉迪娅的春天，莉迪娅的夏天，莉迪娅的秋天和冬天。总之，和她在一起的时光是我渴望的，和婉妲、桑德罗以及安娜在一起的时光是我所畏惧的，我找各种借口不想和他们在一起，或者缩减和他们在一起的时间。当我和他们在一起时，我通过说谎来推卸自己的责任，来保护那种神奇的状态。那段时间，我很屈辱，一方面我没法说出实话，另一方面我妻子的绝望、孩子的迷茫也是一件让我无法忍受的事。要说出我的真实感受，要解释我为什么会那么做，我本应该告诉他们：我和莉迪娅在一起很幸福。但还有什么比这更残忍的真相？婉姐期望的是别的答案。婉姐要从绝望中走出来，她期望我说：我知道错了，我们和好吧。这就是我当时陷入的死胡同。

四

那天，我没从这种状况中走出来，接下来的一年也没有。妻子越来越消瘦憔悴，她消耗自己的时间和生命，而且越来越失控。她就像一个悬在高空中的人，恐惧消耗了她所有的精力。

刚开始，我以为陷入困境的只是我们夫妻俩，和桑德罗、安娜没关系。现在我通过记忆，回望当时他们俩的样子：他们很模糊，唯一清楚的记忆是我和妻子在厨房吵架、争论，尽管事情已经过去了那么久，但我们在厨房讨论的样子依然栩栩如生。在我脑子里，桑德罗和安娜要么一片空白，要么他们就在玩儿，在看电视。我们的婚姻危机，还有吞噬我们的焦虑都在别处，并没把两个孩子卷进来。

但忽然间事情发生了变化。在一次争吵中，婉姐对我大喊着说，我应该告诉她，我还要不要两个孩子，或者说我会像抛弃她那样遗弃两个孩子。这个问题让我很震惊。我说，我当然不会抛弃两个孩子。她笑着嘀咕了一句：我知道了，这样最好。她没再说什么。然而，当她意识到我还是像之前一样总是消失很长时间，只是偶尔露一下面，她对我说，假如我没有意识到我对她的伤害，我应该意识到我对两个孩子的伤害：我要考虑怎么安顿他们。

　　我从来没想过这个问题。在出现这个混乱的局面之前，两个孩子是我生活中很确凿的一部分。他们出生了，现在他们存在。在空闲时，我会和他们一起玩儿，会带他们出去玩儿，编故事给他们听，表扬他们，批评他们。但通常和他们玩耍了一会儿之后，或者摆出父亲的架子调教他们之后，我会把自己关在书房里学习。我妻子带他们时，她会费尽心思，很有创意，她一边做家务，一边逗他们玩儿。日子就是这样过下来的，没什么问题，婉姐从来都没有抱怨过，即使是在"解构体制"——这真是一个很糟糕的词汇——席卷全国时，她也没有说过什么。我们都生长在那种环境里，我们都觉得那是自然而然、天经地义的事。我们的婚姻一直会持续到我们死，这也是很自然的事情。我妻子除了做家务，没有别的工作，这也是一件很正常的事。革命前，大家都那么做，但现在一切都好像发生了变化，母亲不再照顾孩子，我们之前的生活方式变得不可理喻。

现在她提出了这个问题，我在想如何应对。我又一次不知道怎么回答她。我们当时走在路上，在市政府广场，她停了下来，看着我的眼睛说：

"你还要继续做一个父亲吗？"

"当然了。"

"你怎么做？你几个月就出现一两次，在他们伤口上撒盐，又躲出去很长时间，你就是这样当父亲的吗？你想什么时候见孩子就什么时候见，只图自己方便？"

"我会每个周末来看他们。"

"呵，'我会每个周末来看他们'。你的意思是他们要和我在一起生活。"

我脑子有些乱，忍不住脱口而出：

"好吧，我也可以带他们一段时间。"

"也可以，也可以？"她叫喊着说，"我总是带着他们，你也可以带着他们？你毁掉了我，你还想毁掉他们？孩子是需要父母的，是一直需要，不是也可以。"

她哭着跑开了，把我扔在市政府门口。

我要求自己每个周末回那不勒斯。我离开罗马，回到已经住了十二年的房子。我的计划是要避免和婉妲吵架——我已经受不了了，她浑身发抖，用颤抖的双手一支接一支地抽烟，她的眼睛里充满绝望，像那些看不到出路的人——我在回避她，我把自己和两个孩子关在房间里，我很快发现，这不可能。尽管家里的空间还是和以前一样

73

大，但我发现，我没办法和两个孩子像以前那样自在地相处了，现在一切都很虚假。我感觉自己有义务和他们幸福地在一起——他们已经不是以前那两个孩子了：他们用充满敌意的眼神看着我，他们很留神我和他们的母亲说的话、做的事，他们很害怕会犯错，很怕会让我生气，害怕永远失去我——他们也觉得有义务和我在一起，表现出很幸福的样子。尽管我竭尽全力，我还是没办法表现得很自然，像父亲和孩子在一起时该有的样子。婉妲在另一个房间里，我们仨都没法无视她的存在，她是我们的一部分，把她排挤出去是白费力气。她尽量让我们单独在一起，这倒是真的，她不会插到我们中间，但我们都能听到她的动静，或者让人不安的歌声。我们不得不无视她，学会三个人在一起，要摆脱之前四个人的相处模式，但我们做不到。她的存在就是一种威胁——并不是她想伤害我们，但她的痛苦一直威胁着我们——我们感觉她不会错过我们说的每句话，做的每件事，桌子或者椅子吱吱嘎嘎的声音，也会让她很遭罪。这样一来，时间仿佛无穷无尽，很难挨到晚上。过了几分钟，我就不知道接下来该和孩子玩什么，我会分心，会想着莉迪娅。那是星期六，她可能会和朋友去看电影，或者谁知道她会干什么呢。我打算大声喊一句：我下楼买包烟。我其实是想找部电话，我要在她出门之前给她打电话，省得太晚打，电话没人接，让我心里空落落的。婉妲对我的这种表现尤其敏感。她会忽然进到房间里，会从我脸上看出我心不在焉，看出我很难和两个孩子相处。在之前的时光里，我从来都没有这种状态，那就像要面对一场考试，我妻子——两个孩子的母亲会给我打分。

有时候她忍不住会问：

"怎么样？"

"很好。"

"你们没在玩儿吗？"

"我们在玩儿。"

"在玩什么？"

"我们在打牌。"

"孩子们，你们要让爸爸赢，否则他会不高兴的。"

在家里做什么都不行，我打开电视她也会批评我，她说我玩的游戏太暴力。她用充满讽刺的语气对我说，我让两个孩子太兴奋了，让他们很难入睡。气氛紧张到让人无法忍受的地步，我们最后当着桑德罗和安娜的面吵架。我们不再背着孩子争吵，婉妲认为两个孩子也应该知道发生的事情，他们也可以做出判断。

"声音小一点，拜托了。"

"为什么？你害怕他们看到你的真实面目？"

"不是这样。"

"你想对他们，就像对我一样？你要让他们相信你爱他们，但实际上却不是真的？"

"我一直都很爱你，我依然很爱你。"

"不要说谎了，我受不了你的谎言。当着孩子的面，你不应该说谎，你走吧。"

桑德罗和安娜很快就发现，每次我一出现，都会让他们的母亲特别痛苦。在刚开始，他们可能会盼着我回去，因为他们很想看到我，他们希望我会留下来，再也不走了。后来他们开始假装很专注地玩游戏，或看电视节目，他们暗自希望我能在暴风雨来临之前赶紧走开。我自己也在特意缩短停留的时间，我要在婉妲崩溃和爆发之前离开。有一次我给两个孩子带了礼物，我给桑德罗买了一件毛衣，给安娜买了一串项链。她发现女儿很高兴，就说：

"这玩意儿是你买的吗？"

"是的，那还能是谁买的呢？"

"莉迪娅。"

"你在说什么啊？"

"你脸红了，一定是她买的。"

"才不是。"

"你给孩子买礼物还需要别人帮忙啊？下次请你不要把她经手的东西带给他们！"

事实上那礼物是莉迪娅选的，但这不是问题所在。在那个阶段，婉妲的每次争吵都有其他目的。她想展示出——不仅仅是给我，还给她自己——离开她，我没法当父亲，我没有这个能耐，我把她排除在外，就是把我自己排除在外，假如我们没有和好，没有回到之前我们在一起的状态，回到我背叛她之前的生活——我已经不可能做一个父亲了。

我的推测很快就得到了证实。每个星期六、星期天我都会出现，我看到桑德罗和安娜穿着干干净净的衣服，头发梳得整整齐齐地在等我，就好像在接待一个外人一样。我们刚见面的几分钟非常激动，超过了我和他们能忍受的限度，我觉得这种见面不仅仅徒劳，而且很危险。我出现在家里，从根本上来说是为了让他们有一个父亲，但实际上，我是一个残次不全的父亲。无论我说什么或做什么，对婉妲来说都是不够的，她会一条一条地向我指出——她一直都很有逻辑，那时候更是有理有据——我没能回答两个孩子的问题，我无法满足他们的期望。

"他们期望什么？"有一天早上，我比其他时候更加害怕，我问她。

"他们想明白，"她用一种压抑在胸口的声音对着我喊道，"他们想明白，为什么你搬到别处去住了，为什么你抛弃了他们，为什么你那么不情愿和他们在一起，为什么你每次走的时候都不说你什么时候回来，你什么时候才能像一个称职的父亲那样，好好照顾他们。"

我说她说得有道理，一方面是为了让她平息下来，一方面我也不知道怎么反驳她。我到底是什么样的父亲？我能是什么样的父亲，在那套房子里，我们一起生活了那么多年，难道我们不是一直都坚信我们一家四口人会永远生活在一起吗？这个房子的结构也是为这种生活而设，每个角落都有自己的用途。尽管房子很灰暗，冬天很冷，夏天很热，一直都不亮堂，但这营造了一种温馨的氛围，有时候我们还有一些非常幸福的时刻。像现在的状况，每天在这所房子里生活几个小时，我觉得是不可能的事情。有一次，在我们激烈争吵时，我对婉姐说：

"学校现在放假了，我带几天孩子吧。"

"你怎么带他们？"

"我让他们跟着我。"

"你想把他们从我身边夺走？"

"没有，你在说什么呢？"

"你想把他们从我身边夺走。"她脸色阴郁地说。

但最后她同意了，她用一种非常决绝的方式同意了，就好像这是一次彻底的了断，是进一步尝试，在这个尝试结束之后，她会明白我真正的想法。

五

在夏天的一个星期天，我把两个孩子带到了罗马，他们看起来很高兴，但事实证明，我这样做没有意义。我没有自己的房子——因为我单独租不起房子——但另一个方面，我也不能把他们带到莉迪娅住的地方。理由很简单，因为已经很难骗过两个孩子的眼睛了。假如莉迪娅把我们收留在她的一室一厅里，我预感，假如婉妲知道这件事情，那她会认为自己的身份被抹去了，那就好像告诉她：你别碍手碍脚的了，作为妻子和母亲，你已经没用了。她已经钻牛角尖了，无法进行反思，我很担心她会往这个方面想——她身体虚弱，思想敏感，越来越极端了——我担心会出现我预料不到的后果。但我最担心的不仅仅是婉妲的反应，在莉迪娅明亮的房间里，在两个孩子的目光下和她一起吃早饭、午饭和晚饭，和她睡在一张床上，我觉得自己很可恶。那就好像对桑德罗和安娜说：你们看看这个姑娘，你们看看她多体面、优雅、平和，看看我们跟她在一起生活多自在；我现在住在这里，你们喜欢这个地方吗？我预感在那种情况下，他们出于对我的爱——假如他们觉得莉迪娅是一个可爱的人——他们不得不背叛对母亲的爱。问题不仅仅是这些，还有其他因素。我无法作为一个父亲的形象出现在莉迪娅的面前，带着两个孩子和她一起生活，占据她的生活空间，把她的生活搅乱，向她展示出我肩负的责任，强迫她和我一起承担这种责任，不久之前因为婉妲的提醒，我才意识到了这责任是这么重大，这是我无法接受的事。我不想在她面前展示我完整的样子：一个三十六岁的男人，生活基本定型，已经结婚，而且有两个孩子，一个十一岁，一个七岁。在那个梦幻般的房间里，我也不愿意展示出自己的这一面。在莉迪娅那里，我是一个自由开放，没有任何羁绊的情人。我不想把我黯淡的过去带到一个充满前途的年轻女人家里，我渴望有一种新的爱情模式。

我去了一个朋友家里，我根本就不知道怎么照顾两个小孩，我很快就把照顾他们的任务抛给了这个朋友的妻子。他们夫妇俩都站在我这一边，都支持我。他们已经结婚五年了，是一对心心相印的夫妇，他们说，人没办法压抑自己的本能，也不能抑制自己的欲望，我现在顺应自己的内心和激情，不应该有愧疚感。有一天晚上，当两个孩子睡觉时，这对夫妇对我进行了教导，因为我从来都不说妻子的坏话。

"为什么我要说呢？"我问。

"因为她太夸张了，她真不应该这么做。"我的朋友说。

"我伤害了她，她就变成了这个样子。"

"她的反应很糟糕。"我朋友的妻子说。

"很难用一种体面的方式痛苦。"

"有人就体面得多，在有些情况下，得体的表现很重要。"

"可能你认识的那些人没婉妲那么痛苦。"

我是诚心诚意在捍卫她，但他们仍觉得我要更得体、更君子一些。桑德罗和安娜上床睡觉了，我确信两个孩子睡着时，我会让朋友照看着他们，自己跑去莉迪娅家。从我们在一起开始，我和她度过的所有时光都让我很惊异。这些时光和往常我与婉妲过的穷日子一点也不一样。莉迪娅从小都在很好的环境中成长，她习惯于舒适的生活。她能自然而然地享受生活的乐趣，她会花钱让我开心，假如我生活拮据，她也会把不多的钱分给我，我们的处境很复杂，但我们一点儿也不操心未来。当她给我打开门时，我总是很幸福，桌子上摆着丰盛的晚餐，在黎明时离开她的床对我来说是一件很痛苦的事。我在早上五点半回到两个孩子身边，期望他们还没醒过来。我在房间里走来走去，充满愧疚。我常常坐在桑德罗和安娜的床边，看着他们，想让他们成为我密不可分的一部分，想铭记他们是我的创造物。两个小时之后，我会把他们叫起来，等着他们吃完早餐，洗漱好，因为我朋友和他妻子都要出去工作，我只能带着两个孩子去上班的地方。

桑德罗和安娜从来都不抗议。他们都规规矩矩、小心翼翼地看着我，他们通过自己的方式，不给我增添麻烦，让我在同事和学生的面前有面子。然而过了没几天，我就放弃了，我又把他们带回了婉妲身边。

"这么快啊，当了这么几天爸爸，你就受不了了？"婉妲讽刺我说。

我很难解释自己的处境，最后我忍不住说，我没法像她那样满足两个孩子的各种需求。她误解了我的意思，她以为我要回家，一下子开朗起来了，她说我们一家四口应该重新建立一种平衡。我摇了摇头说：

"我要另做打算。"

有那么一刹那，婉妲在我眼里看到，我离开她之后得到的幸福，还有这种幸福给我的力量，她明白，什么也无法挽留我，包括两个孩子。我也马上意识到自己说的话有多么严重，在她做出反应之前，我马上跑开了。

过了几个月，她通过邮件给我发了最后通牒。那是一个干巴巴的表格，那不勒斯法院负责未成年人的法官给我发了一个通知，上面说桑德罗和安娜会交给他们的母亲来监护。我本应该马上坐上火车，跑到法官的面前抗议，大喊着：我是他们的父亲，我根本不管民法第133条说什么，事实是，我是他们的父亲，我没有抛弃他们，我要和他们一起生活。但我没有采取任何行动，我依然和莉迪娅在一起生活，继续我的工作。

六

我坐在乱七八糟的书房地板上，长时间地盯着那纸公文：那则法院通知就在我眼皮底下，和婉姐的信放在一起。我在想，我的两个孩子有没有亲耳听到法官念出这则通告，或者说还有一个类似的文件，存放在家里某个地方。那张纸是以前我正式放弃他们的证据。这一纸证明也表明我遗弃他们的决定，我不再看着他们长大，把他们排除在我的生活之外，任凭一阵浪潮把他们卷走，让我眼不见心不烦。那页干巴巴的通知证明我推卸了自己的责任，我会慢慢习惯于忘记他们，我的脑子、心里还有胸中再也感觉不到他们的压力。因为再也没有日常的接触，他们会长大，不再是我熟悉的样子。他们会失去孩童时期天真幼稚的面孔，他们会长高，整个身体都会发生变化：面孔、声音、走路的样子还有思想。在我的记忆里，他们却停留在原地，会一直停留在我把他们送回母亲面前时的样子，我当时说：我要另做打算。

有一段时间，我基本能承受这种分离，因为莉迪娅在我身边，还有工作也带来了成就感。我离开了大学那个乏味的工作，开始给报纸写文章，在广播台做节目，有时候会很拘谨地出现在电视里。有一种距离比遥远的路途、光年更能使人们分离，那就是变化。我远离了我的妻子和孩子，我开始追求自己为之狂热的事情：一个我爱的女人，一个需要经营的新爱巢，还有接连不断的个人成就，在公众场合露脸的机会。莉迪娅喜欢我，我也赢得了所有人的欢心。这时候，就好像有一团浓雾掩盖了我的过去——一个黯淡、毫无建树的过去。那不勒斯的房子，还有那里的亲戚朋友也逐渐在我记忆里褪色，但婉妲、桑德罗和安娜一直在那里，在我的记忆里栩栩如生，不过我们之间的距离抹去了那种痛苦的深度和强度。我从小都习惯性地对情感进行过滤，从小时候开始，我就学会了无视我母亲的痛苦，那是因为我父亲经常折磨她。虽然我在场，但我能完全抹去那些叫喊、咒骂、耳光的声音、痛哭，还有那些像经文一样反复出现的句子：我要自杀，我要跳楼！这些都是用方言喊出来的话，我学会了不再倾听我的父母，看到他们时也只是闭上眼睛。这种小时候学会的方法，我后来一辈子都在用，在各种各样的场合下都用过。在我和婉妲分开的那个阶段，我一直在运用这种方法让我忘记，我留下了一个空洞，我无视这种空洞。我妻子和孩子会在各种各样的情况下出现在我的脑海里，然而我不看他们，不听他们。

但并不是一切都一帆风顺。我妻子自杀未遂的消息传来时，我当时在国外。我很难过地感叹了一句，到了这个地步了！但我不知道自己想说什么。也许"到了这个地步了！"这是我对婉妲的指责，我在想，她这么做到底有什么意义。或者，很有可能是我生自己的气：我把她逼到这个地步了，真是太可耻了！或者更泛泛而言，这是针对当时的社会风气，我们都期望得到自己渴望的东西，却全然不顾别人的感受，还有这些行为对别人的伤害。我越想越焦虑，婉妲在医院里，这是什么时候发生的事情，怎么发生的，这件事对桑德罗和安娜会造成什么影响，会留下什么样的阴影。那些片段都衔接在一起，一个已经远离的人也能清晰看到事情的经过。我意识到我必须做出决定：放下一切，我的工作和生活，我和莉迪娅一起建立起来的一切，跑回去填补我之前留下的空白，让一切都恢复原样，或者说只是打一个电话，看婉妲怎么样了，但不和她见面，不当着两个孩子的面和她相见，不要感情用事，不要冒这个险。有很长时间，我都在这两种态度之间游移。我觉得我无法咨询别人的建议，因为唯一要承担责任、做决定的人是我。假如我妻子自杀成功，没能救活呢？我就不得不承认是我杀死了她？我是怎么害死她的？我把她的生活毁掉了，这让她决定，与其是依赖两个孩子继续生活，不如彻底解脱得好？桑德罗和安娜长大了，也会觉得是我害死了他们的母亲吗？从另一个方面来说，难道她真的死了，才能让我意识到我犯了一个致命错误，一场经年累月、漫长的犯罪？

一场犯罪，一场犯罪，一场犯罪。

我毁掉了一个人，我让一个年轻女人，一个像我一样想彻底实现自己的人不知道如何活下去。

啊，不能这样，我到底在想什么？追随自己的命运，这难道是一种犯罪？拒绝过降低自己价值的人生，这难道是一种犯罪？和现存的压抑人性的机制和习俗做斗争，这难道也是犯罪？这真是太荒谬了！

我爱婉妲，我从来都没有故意想伤害她。我在她面前每次都小心翼翼，我对她说谎，是因为我不想让她痛苦。但是，天哪！我不能为了她让自己受罪，为了不让她受到压抑而压抑我自己，到这个地步可不行。

我没有去看她。我也不想知道她怎么样了。我也没给她写信。我也没考虑两个孩子是什么反应。我希望我的态度能让她明白事情的真相：没有任何东西能阻止我爱莉

85

迪娅，包括她的死亡。爱情，在这个阶段我就是用的这个词——这之前，我一直觉得这只是言情小说里的词汇——我确信我之前从来都没有赋予过这个词这么重要的意义。

七

婉妲后来想通了，她不再找我，也不再写信给我。但在一九七八年三月，是我主动给她写了一封信，我写信问她能不能单独和桑德罗、安娜见一面。

很难说我为什么要那么做，从表面上看来，一切都一帆风顺。我在罗马生活，我和莉迪娅在一起很幸福，我妻子已经不再给我施加任何压力。我也只是偶尔会想到两个孩子，比如说在路上走的时候，有某个小孩在叫爸爸，我会忽然转身去看。虽然如此，我的生活还是出现了裂缝。可能是因为那段时间我情绪低落，以前的自卑情绪又浮现出来，我有时候会觉得我没有自己想象得那么有才气。有时候我的心情会非常低落，我会觉得我的成功纯属偶然，是凭运气，社会风向和潮流很快会发生变化，我会为自己的狂妄自大、欺世盗名的行为付出代价。这种心境可能和莉迪娅也有关系。我越来越爱她，我觉得她非常高雅、聪明和敏锐，我感到自己越来越配不上她。

"你为什么会选择和我在一起？"我问她。

"事情自然而然就到了这一步。"

"这说明不了问题。"

"事情就是这样。"

"假如一切都自然而然结束了呢?"

"我们尽量不让它结束。"

我看着她,有时候我远远观察她,在一场聚会上,或者在某些公众场合。在几年的时间里,她已经不再是以前那个小姑娘了,现在她是一位备受尊敬的女士,她的身体曲线散发着一种成熟、灼人的魅力,同时她言行非常得体。她很快就会把我抛在身后,我看着她想。遇到她之后,她浑身散发的那种能量冲击着我,使我产生了上进的野心,也使我成为一个成功的男人。迟早有一天,她会发现她爱上的并不是我,而是她在我身上产生的效果,她会发现,我只是一个虚弱的小男人,她越是发现我的真实面孔,就会越受其他人的吸引。我想到这一点,就开始关注她身边的朋友。假如她说某个男人的好话,我就会特别警惕,我担心在没有觉察到的情况下,我已经从一个潇洒的情人变成一个附庸。人的变化是无法阻挡的,我深知一切都是枉然,都是枉费心机。不管我愿不愿意,莉迪娅都会按照自己的愿望生活,她会牺牲我去追随自己的梦想,就像我牺牲婉妲。莉迪娅会背叛我,是的,"背叛"这个动词很准确,尽管我们之间没有签订契约,尽管我们的关系没有约束力,尽管我没有许诺说,我不会渴望别的女人,她也没有许诺说她不会接受别的男人,但一想到她和别的男人在一起我就受不了。她去出差，会遇到她喜欢的男人；她会受到某些朋友或者认识的人的吸引，会和他们上床；她去参加聚会，会很开心，会和其他男人调情。她会觉得，那些权威人士会提升她的价值，在他们的庇护下，她会得到很多我没办法给她的便利。这个时代的一切新景象，只是在之前时代上蒙上了一层炫目的罩子，在现代的粉饰下，那些陈旧的思想和心理依然会沉渣泛起。但现在人们的生活就是这样，她也是完全按着这个时代的潮流在生活，我的痛苦也没法阻止这一切。有时候我没心思工作，我的创造力在慢慢减弱，我无法打起精神，我没办法说服自己说：我搞错了，她很爱我，她会一直爱我，否则的话，我承受这漫长的痛苦，把过去抛在身后又有什么意义呢？

那个阶段我每天都很忙，日程安排得紧紧的——会议、勾心斗角、工作的压力、小挫折、小成就、出差、晚上的接吻和拥抱、夜晚和清晨：这是化解懊悔和记忆的完美解药——但我的生活出现了一些难以察觉的裂缝。那些陪着孩子一起玩儿的父亲，那些在火车上或是在公共汽车上给孩子讲解文化知识的父亲，那些为了教孩子骑自行车，冒着心脏病发作的危险，气喘吁吁扶着车子，在后面一边跑一边喊"快蹬，快蹬"的父亲，一下下凿开了这个裂缝。婉姐和两个孩子——已经被遗忘了——重新又浮现在我的记忆里，让我想起在过去的时光里，我也曾经做过这些事情。在一个寒冷的早晨，我感到特别忧伤，我在民族路上看到一个非常消瘦的女人，她衣冠不整，扯着两个不听话的孩子，一个男孩和一个女孩，男孩子大约十岁，女孩大约五岁，两个孩子在吵架。我长时间看着他们。两个孩子相互推搡，相互咒骂，母亲在威胁他们。那个母亲身上穿着一件过时的大衣，两个孩子穿着破旧的鞋子。我想：我的家人从忘川里浮现，我忽然看到我没在他们身边时他们的样子，我很确信，正是我的缺席使他们沦落到那种地步。

　　几天之后，我给婉姐写了一封信。她两个星期之后给我回了信，这时候我已经缓过来了，坏情绪已经过了，他们仨已经又一次沉入了我记忆的深处。那封信让我很心烦。"你写信说，你要和两个孩子重新建立关系。事情已经过去四年了，你以为你能心平气和地面对这个问题？但话又说回来，还有什么要面对的呢？你不想承担责任，你抽身而出，抛弃他们，毁掉我们的生活时，你怎么没提出你有这种需求？无论如何，我把你的这个愿望念给了两个孩子听，他们决定见你一面。为了防止你忘记，我提醒你：桑德罗现在十三岁，安娜九岁。他们饱受颠沛流离和恐惧的折磨，请你不要让他们的处境更艰难。"我有些不情愿地去见我的两个孩子了。

八

　　"桑德罗现在十三岁，安娜九岁。"婉姐充满讽刺的提

89

醒让我做好了心理准备，我知道，我见到的孩子会和我记忆中的有所差别。他们不仅不是以前的小孩，我觉得他们像两个陌生人，而我对于他们来说也是一个陌生人。

我把他们带到一家咖啡厅里，点了很多美味的东西：点心和饮料。我尽量与他们聊天，最后我大部分时间都在谈自己。他们一直都没叫我爸爸，而我因为愧疚不安，一直在叫他们的名字。因为我害怕他们会提到我给他们的生活带来的"地震"，我让他们受了很多罪，我有些言不择词地谈到了我是一个多么受人尊敬的人，脾气很好，我的工作也很棒，他们在学校里可以引以为豪，在同学面前炫耀。他们专注的眼神，还有时不时流露的微笑，甚至是安娜发出的笑声，都让我觉得他们已经忘记过去的事情了。我希望他们问我问题，比如说，要怎么做，长大了才能像我一样。但桑德罗什么都没说，安娜指着哥哥问我：

"是不是你教给他系鞋带的？"

我觉得很尴尬，是我教给桑德罗系鞋带的吗？我已经不记得了。但这时不知道为什么，那种陌生感让我忽然不再惊异，可能我们之前的关系就包含着这种感觉。和他们一起生活时，我一直都是一个漫不经心的父亲，我现在要重新认识他们，不需要考虑之前的关系。为了给他们留下一个好印象，我拼命关注他们，我想记住他们的每个细节——就像看陌生人一样——我要在几分钟内完全记住他们的样子。我回答说：是的，应该是我教给他的，我教给桑德罗很多东西，可能也包括系鞋带。我知道我在撒谎。这时桑德罗忍不住说：没人像我那样系鞋带。这时安娜对我说：他系鞋带的方式很可笑，我不相信你也是那样系鞋带的。

我费劲挤出一个微笑，尽量做出一副和蔼可亲的样子。我很确信自己系鞋带就像大部分人一样，对于桑德罗系鞋带的方式，两个孩子态度完全不同，我觉得他应该是小时候从别处学到的。我有些忧虑地想：他想通过系鞋带方式的相同，和我保持一种真正的关系，但现在他可能要发现他错了。我该怎么办呢？

安娜盯着我的眼睛，她看起来兴致勃勃，非常高兴，但她嘴角轻微的抽搐却泄露了她的真实心境。她说：让我们看看，你是怎么系鞋带的。我意识到，虽然她在开哥哥玩笑，但她也想通过鞋带的事来证明我不是随便一个什么人，他们要赋予我父亲的身份，我们有更深一层关系。我问：你们现在想看吗？我要在这里给你们示范我怎么系鞋带吗？是的，安娜说。我把一只鞋子的鞋带解开，按照我的方法重新系上。我把鞋带的两头拉直，交叉起来打了一个结，使劲拉紧。我看着他们，他们俩都在盯着我的鞋子看，嘴半张着。我有些紧张地把鞋带两头各挽了一个圈，我停了一下，有些不确信。桑德罗的眼睛流露出一丝笑意；安娜嘀咕了一句：然后呢？我把两个圈在手指上交叉，把其中一头从放手指的地方穿过去，最后拉紧。就这样，我对桑德罗说，你是这样系鞋带吗？是的，他回答说。安娜说：是的，只有你们俩这样系鞋带，我也想学。

接下来的时间，我们一直在把我和桑德罗的鞋带解开系上，直到最后，安娜跪在我们面前，用我们的方式把两双鞋子都系好了。她时不时会说：这样系鞋带真是有些可笑。最后桑德罗问我：你是什么时候教会我的？我决心诚实一点，我说：可能不是我教给你的，是你自己看着我学的。从那时候起，我非常愧疚，那是之前从来没有过的感觉。

婉妲后来写信给我了，她用一种刻薄的语气说，两个孩子觉得我还是像之前一样，来去匆匆，我让他们很失望。她没有提到鞋带的事情，桑德罗和安娜肯定没跟他们的母亲说这件事。但我知道，我们解开鞋带，系上鞋带的事情拉近了我们之间的关系，或者说，也许从他们生下来到现在，我们从来都没有那么亲近过。我希望事情是这样的，至少我觉得事情是这样的。在那家咖啡馆里，我和两个孩子比过去任何时候都亲近，我察觉到——我身体的每个细胞都感受到——我对他们本应该承担却没有承担的责任，还有我的离弃对他们的伤害。有一阵子，白天晚上我都会流泪，我很小心，避免让莉迪娅看到。因此，我没办法相信他们对婉妲说的：我让他们很失望。但我确信婉妲不会说谎——她从来都不说谎——我想可能是桑德罗和安娜说了谎。他们说谎是出于一片好意。他们很害怕，假如他们对母亲说，见到我很开心，她会很难过，他们现在很害怕母亲伤心，他们选择不说见到我很高兴，免得婉妲难过。

就是在那段时间，我想起了我母亲，是那次她用父亲的剃须刀割腕自杀的事情。血在地板上流淌，我们几个孩子马上拉住她，免得她把另一只手腕也割破。面对这种场景，我在儿童和青少年时期已经建立起了某种情感屏障，我通常都会表现得麻木不仁，这道屏障忽然塌陷了。我母亲很多年前遭受的痛苦，她的不幸、愤怒，有时候是对冤家丈夫的仇恨，都毫无过滤地向我涌来，带着一种前所未有的冲击力。在这道屏障塌陷的地方，婉妲经历的痛苦也向我涌来。我不仅仅是第一次切身地感受到我把她毁掉了，我还强烈地意识到，我当时非常小心地回避了痛苦的冲击，而两个孩子却完全承受了这种痛苦，甚至扩散了它，这是让我无法忍受的事情。然而他们还是说到了我系鞋带的方式。你是不是像我一样系鞋带？你太搞笑了，你教我一下好吗？

九

我回那不勒斯去看他们。我到他们住的房子里去找他们，我总是会定期出现在他们面前。我带他们去罗马，带他们在餐馆吃午饭、晚饭——这对于他们来说是全新的体验——我让他们住在马志尼街上我租的房子里，我和莉迪娅在那里住了有些时候了。我意识到，尽管我越来越成功，但这也不能弥补和抹去我留在身后的痛苦。两个孩子过来之后，我的生活变得很复杂，以至于让我忽略了工作。但那种痛苦已经体现在我的动作、声音里，没办法抹去。安娜从一开始就表现出她很讨厌莉迪娅的为人，还有她的彬彬有礼。桑德罗很不情愿地抵抗了一下，他不愿意再进入一所我和另一个女人居住的房子里，因为这个女人不是他母亲。他们都很关注我，他们也期望我时时刻刻关注他们。我没怎么工作，这开始给我带来了麻烦，为了赶工，为了弥补工作上的滞后，我不得不减少和莉迪娅在一起的时间。我和她在一起的生活，我们自由自在的生活逐渐被侵蚀，我不得不要面对合同约定的交稿时间、婉妲留下的阴影还有桑德罗和安娜的任性。

"你先照顾两个孩子吧。"有一次莉迪娅对我说。

"那你呢？"

"我可以等。"

"不，你不会等我的。你有你的工作、朋友，你会离开我的。"

"我说过我会等你的。"

但她很不高兴，没有我，她的生活越来越独立了。两个孩子也不高兴，我觉得婉妲也不高兴，尽管我竭尽全力，想满足两个孩子每一个细小的愿望，但他们对我的期望越来越大了。后来我决定，只在那不勒斯家里和桑德罗、安娜见面，一方面是因为他们的学校和朋友都在那里，另一个方面，我不想让他们影响我和莉迪娅的生活，最后一个原因是婉姐也希望他们留在自己身边。她的态度反复无常，有时候是怨恨，有时候很热情。假如我冒犯她了，她会毫不客气地把我赶走。但假如我逆来顺受，她会让我待在家里，表现得很客气，让我好好工作，不让两个孩子打搅我，后来在吃午饭和晚饭时，她开始在桌子上也为我摆上盘子。

我很快就发现，在婉姐家里和桑德罗、安娜见面要更方便一些——我工作起来也顺利一些——比在罗马见面要舒服得多。有一次莉迪娅出差了——她要在外面待一个星期——在两个孩子的坚持下，我去了那不勒斯。我在那里待了不是一个晚上，而是整整七天。有一天晚上，我和婉姐聊了很久，说起了我们刚认识时的事情，那已经是二十年前的事儿了。我们躺在以前的婚床上，聊着往事睡着了，并没发生什么。我和莉迪娅见面时，我跟她说了这件事情。在那个阶段，她没完没了的工作，她取得的成就，还有她默默接受这个复杂处境的态度，都让我有些烦。她一直都很客气，从来都不生两个孩子还有我妻子的气——我们从来都没有正式分开，当时出现了"离婚"这个新事物，我们也没办理——他们会给我打很长时间的电话，干扰了我和莉迪娅的私人生活。莉迪娅不提要求，也不抗议，但假如我提到她越来越多的工作，她会变得很冰冷，这让我觉得她已经不在意我们俩的生活了。我希望她能发火、叫喊

95

和哭泣。但她什么也不说，只是脸色变得很苍白。最后我们也没有争吵，她离开了我们一起租住的房子，回到了她以前住的单间里。面对我的抗议和恳求，她只是很简单地回答了一句：我需要自己的空间，就像你也需要你的空间。

有一段时间我一个人生活，我很悲伤。我回到那不勒斯，回到两个孩子和我妻子身边，先是一个星期，然后是两三个星期。但我又离不开莉迪娅，有几个月，我一直忍不住给她打电话，像着了魔一样，但我很小心，不让两个孩子还有婉妲察觉我这一点。莉迪娅每次都会马上接电话，会很耐心、很温和地和我说话，但我一说到想和她见面，她连再见都不说就挂上电话。她不再想和我见面，后来我实在受不了了，一方面我疯狂地思念她，一方面我和婉妲以及两个孩子的关系愈来愈亲密，我提议说，我们可以暗地里在一起，对双方都没什么要求，她是自由的，我也是自由的，偶尔在一起就好。那对于我来说是非常糟糕的一段时间。为了缓解内心的痛苦，我把全部精力投入到一系列电视节目的制作上，我取得了巨大的成功，我赚了很多钱，让全家人得以移居到首都。

十

我无法具体地说出我是什么时候开始惧怕婉妲的。除此之外，我从来都没有这么明确地说出——"我害怕婉姐。"这是我第一次措辞造句，想把这种感觉表达出来，但很难。包括我使用的动词——"害怕"，我觉得也不是很合适。我用这个词是因为这是一个常用词，但我觉得这并不是很确切，它词义很窄，并不能涵盖我的感受。无论如何，简单来说事情的确如此：从一九八〇年开始，我一直和这个瘦小的女人在一起生活，她的骨头已经非常脆弱了，但总能让我哑口无言、有气无力，她知道怎么让我变得虚弱。

我相信我是逐渐走到这一步的。她重新接受我，但不是我们婚后十二年的那种温柔贤惠，而是通过一种处心积虑、自我标榜的方式，她会不停地说到她的工作还有她自己，讲到她如何打破各种各样的禁忌，还有她如何下定决心要成为一个真正的女人。就这样开始了一段非常漫长的时光，她好像很难找到平衡。她很憔悴，她的双手和眼睛都安静不下来，她不停地抽烟。她不愿意我们重新开始，她拒绝做自己，每天都会有危机出现。她强迫我每天看着她表演，她向我展示出她有多年轻漂亮，多优雅自由，她比那个我抛弃她，与之私奔的小姑娘更年轻、更开放。

我很不安。我试图让她明白，只要她像以前那样稍微关注一下我就可以，不用处处都用力过度。但我马上发现，只要我一不高兴，她就会变得冷冰冰的。我相信，她为自己的成功感到骄傲，她会忘记之前的事情，实际上她的确已经忘记发生的事情，但方式和我想象的不一样。她避免提到我曾经对她做的事情，她淡忘曾经受到的屈辱。但那些年她受的苦无法抹去，只是在寻找别的出口。婉姐在继续承受她的痛苦，这让她变得很难说话，偏执强硬。她的痛苦转化成了恼怒，让她变得充满敌意，让她用一种非常鄙夷的语气说话，她痛苦，这让她变得不容置疑。我们新生活的每一天都是一场绝对的考验，总的来说，她的态度就是这样：我已经不再是之前那个好说话的女人，假如你不按照我说的做，那你就滚蛋吧！

　　她的痛苦让我很压抑。我给她带来的伤害让她很难再与我和好如初，我很快感到那道伤痕让我很沉重，很痛苦。逐渐地，我背负着愧疚感，我压抑着自己的不悦和窘迫，我强迫自己每天给她说很多恭维话，我耐心地等着她变得正常，等着她不再向我展示她有多聪明，她的政治思想有多极端，她在床上有多么肆无忌惮，还有她有多么自信。这产生了很好的结果，她不再在我面前引经据典，她不再表现出想颠覆一切，她的性欲也变得平稳正常，她逐渐恢复了本来面目。然而，每一次我和她意见不合，她都会非常警惕，她会觉得那是她无法接受的事：她会脸色苍白，点燃一根香烟，抽完后马上用颤抖的双手点上另一根，她会捍卫自己的立场，到夸张、荒谬的地步。只有我做出让步，支持她的观点，她才会平静下来，她会马上变得兴高采烈，对我百依百顺。我很快明白，在过去那些年里，假如她总是表示同意我的看法，那种心心相印让她安心，那么现在只有我完全同意她的观点时，她才会安心下来。对于她来说，我的每次异议可能都是危机的信号，她的警惕心让她惊慌失措，总是让她想把一切都推翻、毁掉。我学会了不对她的事做出评论，也绝口不提我自己的事，我总是表现出逆来顺受的样子。

这就是我们和好之后两年的大体状况，那是非常复杂的两年。后来婉姐找到了一种平衡，尽管我赚钱很多，但她还是希望有一份自己的工作，她在一个商法律师事务所里工作。尽管她越来越消瘦、越来越憔悴，但她好像干劲越来越足了，她从来都不会忽视家庭、两个孩子和我。我小心翼翼，避免犯任何错误。她在工作上与人产生争执，我也坚决站在她的立场上；她对家里打扫卫生的女人张牙舞爪，我只是一个默默的观众，我遵守家里铁一样的秩序。一有什么外出活动，我都会请她陪我出去，她也会欣然前往，会留心每件事、每个人，回家路上，她会一条条指出那些著名人士的狂妄自大，还有那些在我跟前过于亲密的女人的品性——甜腻腻的声音、虚假的美貌、矫揉造作的言谈——她会很犀利地说出那些人的可笑之处，逗我开心。

在两个孩子的教育上，有好几次我都尝试说明自己的立场。我觉得她对于两个孩子过于严厉了：不能有任何多余的花销，只能看极少的电视，听一会儿音乐，晚上基本上都不能出去，有很多功课要做。我感觉桑德罗和安娜乞求的目光落在我身上，因为各种原因，他们轮番乞求我能运用我的权威，替他们说几句话。我也相信我回归家庭是出于对他们的爱，刚开始我想：要拿出做父亲的样子，要出面干涉一下，这是我无法推卸的责任。实际上我也干涉了，尤其是在他们犯下某些过错时，我妻子心平气和地强迫他们说出自己的道理，但只是从她的角度和逻辑来批评他们。我再也忍不住了，我小心翼翼，本着息事宁人的态度说了自己的想法。婉姐这时候不说话了，她让我把话说完，两个孩子脸上的表情由阴转晴，安娜向我投来感激的目光。但后来呢？过了几秒钟之后，他们的母亲好像没有听见我说了什么，或者好像我说了一些很愚蠢的话，根本用不着反驳，就好像我根本不存在。她继续更咄咄逼人地追问他们：你们尽可以说出自己的理由，你们到底同不同意我的看法？

但有一次她忽然发作了，她冷冰冰地对我说：

"是你说还是我说？"

"你说。"

"那拜托你出去，我要和我的两个孩子好好谈谈。"

我灰溜溜地出去了，两个孩子非常失望。有几个小时，婉姐都对我充满敌意，在当晚，我们爆发了一场真正的争吵。

"我不是一个好母亲吗？"

"我没这么说。"

"你希望他们像莉迪娅一样长大？"

"这跟莉迪娅有什么关系？"

"莉迪娅不是你心目中理想的人吗？"

"不要再说了。"

"如果你希望他们像莉迪娅那样长大，那你们仨都去找她吧，我已经受不了你们了。"

我做出了让步，因为我不希望她叫喊、哭泣，使我们的关系急转直下。那份痛苦一直都在那里，永远都无法抹去。后来每当她审讯两个孩子，问他们无数问题，期望他们能做出真诚的回答，她所期望的回答，我都会假装漫不经心。桑德罗和安娜用一种不信任的眼神看着我。刚开始他们一定在想：这个男人到底是谁？他到底在想什么？他到底什么时候才能下定决心过来大喊一句，够了！放过他们吧。现在他们已经不再想这个问题了。可能他们已经明白，这就是新的平衡。这个平衡很容易打破，只要婉姐说出那句已经呼之欲出的话（"要么你时时刻刻都听我的，没有任何附加条件，要么门在那儿，你滚吧！"），而且我也已经准备好了回应的话：你想怎么嚷嚷就怎么嚷嚷吧，你自杀吧，把你的两个孩子都杀了吧，我已经受不了你了，我走了。但我说不出来这样的话，之前我已经尝试了一次，没有用的。

就这样，很多年就这样平平稳稳地过去了，我们成了生活富裕、受人尊敬的一家人。我赚了一些钱，婉姐一直极端节省，她把那些钱攒起来，我们买了一套台伯河畔的房子。桑德罗大学毕业了，安娜也毕业了。他们很难找到一份正经工作，我不断地原谅他们，他们会找我要钱，他们的生活一片混乱。桑德罗跟他爱的每个女人都生了孩子，现在他已经有了四个孩子，他可以为孩子做出任何牺牲，他认为孩子是最重要的。安娜拒绝生孩子，她认为生孩子是人类最不文明的表现之一，是人类动物性的表现。他们兄妹俩不会对我提一些荒谬的要求，因为他们知道家里是母亲掌管一切事务。他们看到我在家里像一个默不作声的幽灵一样转来转去。他们没有错，我的生活在他们之外。在家里，我是影子一样的男人，总是一声不吭，虽然婉妲兴高采烈地庆祝我的生日，邀请我的亲戚和我的朋友。我们之间已经没什么矛盾了，无论是在私人还是在公众场合，我总是沉默不语，或者面带微笑地点点头；她会用一种带着揶揄、暗含深意的语气和我说话，表面上很温情。

是的，她总是用揶揄的语气，有时候是讽刺，总是在抚摸和鞭挞之间。假如我不小心说错话，或者没有控制好自己的眼神，她马上就会说出一些硬邦邦的话来，我心里的某些东西会马上隐藏起来。至于我在外面的成就、功劳，算了吧。婉妲通常会让我、两个孩子、家里搞卫生的女人、朋友和客人觉得，假如我是一个好男人，一个好伴侣，那是因为我从小就是一个有天分的男孩。她对我的工作、我的成功从来都没表现出一点点热情。有时候，她不冷不热地对我的成就表现出一点欣赏，那也是因为这些工作让我们的经济条件好一些了。

有一次——可能是大约十五年之前——那是一个夏天，我们在外面度假，我们沿着海岸散步，她不是平时的语气，而是忽然严肃地对我说：

"我一点儿也想不起我们的事儿了。"

我鼓起勇气，问：

"我们什么时候的事儿？"

"所有事儿：从我们刚刚认识开始到现在，一直到我死。"

我不敢接茬，我也没有指出她说的这席话在时间上很荒唐。这时候，水里一个亮晶晶的东西拯救了我，那是一枚一百里拉的硬币。我把它捡了起来递给她，想让她高兴一下。她仔细看了看那枚硬币，又把它扔到海里。

十一

我经常想起她说的那几句话，有时候我觉得那些话没什么特别的意思，有时候又觉得意味深长。我和她都懂得沉默的艺术。经历那么多年的危机之后，我们都明白了：要一起生活，我们最好是什么都不说，沉默时间要超过说话的时间。这一招很管用，婉妲说的或者做的，都是她试图掩盖的东西。我几十年来一直表示顺从，这下面也掩盖着一个事实：这几十年我们没有任何共同的情感。一九七五年，在某次开诚布公的争吵中，她对我喊道：这就是为什么你要把婚戒锯开，因为你想要摆脱我。我不由自主地点了点头——我当时的反应也出乎自己的预料——婉妲从手指上摘下戒指扔了出去，那枚金指环撞到墙上，跳到炉子上，然后掉到地上，就像长了腿一样跑到了家具的下面。五年之后，当我回到她身边已经成为定局，那枚婚戒又一次出现在她的手指上。她意思是说：我已经重新和你结合在一起了，你呢？那个没有说出口的问题咄咄逼人，需要尽快答复：默默做出回应或张口表态。我坚持了一天，但我清楚地看到她转动戒指的手指越来越不耐烦。她对我表示忠心，也只是为了考验一下我的意图。我去了一家金店，回家时手上戴着一枚金戒指，我让金匠在戒指内侧刻了我们复合的日子。她什么也没有说，我也没说话。尽管我手上戴着婚戒，但我马上就有了情人——那是我回家后的第三个月——我一直持之以恒地出轨，一直到几年前才停下来。

我不知道我为什么要这么做。肯定是存在诱惑、性方面的好奇，还有我感觉（没有任何根据）这种勾搭会重新点燃我失去的灵感。但我更喜欢一个更主观也更真实的理由，我想向自己证明：尽管我和妻子和好如初，尽管我回归了家庭，重新戴上了婚戒，但是我是自由的，我没有和任何人建立真正的关系。

我经受各种考验，但我一直都很慎重。一有合适的时机，我总是会对那些愿意和我交往的女人坦言：是的，我渴望你，但如果你希望关系长久的话，我们丑话要说到前面，我是一个已婚男人，我已经让妻子和孩子遭受了无法容忍的痛苦，我不想让他们再痛苦，因此我们之间仅仅是为了一点点享受，我们要小心翼翼，不能让别人知道，也不能见面太频繁，假如你愿意的话，我们就继续，假如不愿意就算了。我从来都没有得到不客气的回应。时代变了，那些未婚或者已婚女人都像男人那样，潇洒地获取她们的乐趣。那些未婚女子觉得如果介意这些事情，那就太落后了，那些已婚有孩子和丈夫的女人觉得通奸是一个小过错，或者简单来说，那是让男人征服她们的方式。她们会宣泄自己的欲望，虽然她们也没期待什么惊心动魄的爱情，但她们会在那里听我把话说完，就好像这个前言是一个催情小故事，然后我们开始游龙戏凤。有很少几次，我感觉自己被冲昏了头脑，我很担心一切都会从头开始，尤其是当我的情人说打住时。在这种时候，莉迪娅留下的伤痕会重新打开，有几个星期，甚至几个月，我都感觉自己快要死了。

　　但我没有死，正好是莉迪娅的影子重新把我从那种状况下拯救出来。我没有再去追随其他女人，因为我心里依然只有她，我永远都不可能忘记她，我一直都在想念她，这让我很不安。因此每年我都会想办法见到她，我坚持不懈地打听着她生活的动向。她依然在大学教书，但已经快退休了。她在报纸上写文章，她成了一位著名的经济学家，在这个失业率越来越高、人们越来越贫穷的阶段，她的地位尤其显赫。三十年前她和一个比较知名的作家结婚了，就是那些活着时有一定的名气和地位，但死后马上就会被人忘记的作家。她的婚姻很成功，她生了三个儿子，现在都长大了，三个儿子都在海外工作，从事的行业也都很重要。我为她感到高兴，她的生活很幸福，这太好了。当我们见面时——刚开始她不想见我，我在她家楼下等她，从远处跟踪她，她色泽高雅的衣服、优美的步伐总是吸引着我；但一些年之后，她开始做出了让步，我们见面已经成了一种习惯，是几乎每年都会进行的仪式，但每次我都会很激动，她会说很多自己的事情。这都是很纯洁的会面，我会很用心地倾听。她后来的生活过得比我丰富充实，但现在她的满足感也没有之前那么强烈了，她会用一种温和的语气说起几个孩子的成功。她丈夫知道我们之间所有事，我想莉迪娅也会跟他说我老了之后的抱怨，甚至是我对桑德罗和安娜的不满。婉姐完全不知道我一直和莉迪娅联系。很久之前，为了这个女人，我曾经抛弃过她。假如她知道的话，我不敢想象会发生什么事情，因为在这四十年里，没有人敢提到莉迪娅这个名字。我很肯定，她可以容忍我其他所有的情人，却无法接受我和莉迪娅见面、打电话，无法接受我还爱她的事实。

第三章

一

我忽然间惊醒了。我还在书房里，侧躺在婉妲的那些信旁边。电灯依然亮着，但从百叶窗的缝隙里已经有泛红的光照进来，天已经亮了。我在四十年前的愤怒、眼泪和乞求中睡了一觉。

我坐了起来，感到腰、脖子还有右手特别痛。我尝试站起来，但发现很难，我不得不先趴着，然后扒着书架很吃力地站起来。我非常焦虑，那是因为昨天晚上做的梦让我很迷糊。我梦见什么了？我在那里，在凌乱的书房里。莉迪娅就躺在那些书中间，她还是很多年前的样子。我看着她，我感觉自己非常衰老，我一点儿都高兴不起来，我只是很窘迫。整座房子在慢慢移动，正在离开罗马，脚下有一点点摇晃，就像一条行驶在运河中的船。刚开始，我觉得那种运动很正常，但我很快发现事情不对劲儿。整栋房子都在向威尼斯移动，然而房子的一部分还是留在了身后。我不明白怎么会发生这样的事情，就好像家里有两个书房，每个细节都一样，包括我和莉迪娅，也分别在两个书房里，其中一个一动不动，孤零零地留在原处，另一个和整栋房子一起缓缓移动。后来我忽然发现和我一起向威尼斯漂浮的女孩不是莉迪娅，我仔细看了看，发现是那个送理疗仪的姑娘，这让我惊异得喘不上气来。

我看了看手表，五点二十。我的右腿也很痛，我艰难地拉起百叶窗，打开落地窗，走到阳台上，想呼吸一下新鲜空气，好让自己完全清醒过来。鸟儿的叫声此起彼伏，头顶上是被楼房切割成方块的冰冷天空。我想：必须在婉姐醒之前处理掉那些信。她要是发现那些信还在那里，散落在地板上，再次曝光，她发现我读了那些信——是的，我是读了那些信，而不是重读——就像是我昨天夜里才收到那些信一样，那她肯定会很不高兴。她或许已经不记得自己写过那些信了，她生气也是有道理的。信里的那些话是在过去的年代，在一个消失的文化氛围里写的，更别说她当时处于心理失衡的状态，这些信如果忽然冒出来，那真是让人无法忍受。那些话是她写的，但又不是她了，那是已经不属于她的声音，那是过去的遗迹。我急忙走进房间，捡起地板上的信，把它们统统扔进了垃圾桶。

我开始思考自己接下来要做什么。煮一杯咖啡？洗个澡清醒一下？还是赶紧再去检查一下，看看家里还有没有那些会唤起人痛苦记忆的东西？我的目光扫过房间的每个地方：地板、家具、垃圾袋、杂乱的书架，甚至天花板。

我的目光停在了我从布拉格买来的方块上，那里面装着我的秘密。它在书架上摇摇欲坠，我觉得有必要把它推进去一点。但我先竖起耳朵，听婉姐有没有醒来。外头的鸟叫声太大了，听不见家里的动静，我小心翼翼地打开书房门，扭动手柄时尽量不发出一点声音，再打开卧室门，轻手轻脚地走了进去。半明半暗中，我看见我妻子——一个瘦小的老太太躺在那里，她嘴唇微张，呼吸平稳，还在睡梦中。我想她应该在做梦，经历着情绪起伏。她应该是把一辈子针对我、两个孩子和面对这个世界的逻辑都放在了一边，她现在沉浸在自己的世界里。我对她的内心世界一无所知，我也没法知道。我吻了吻她的额头，她的呼吸停顿了那么一刹那，然后又继续如常呼吸了。

我再次小心翼翼地关上门，回到了书房里。我爬上了一架金属梯子，够到了蓝色方块，我用力按了一下方块的一面把它打开，发现里面空空如也。

二

几十年以来，那个布拉格方块里存放着二十多张照片，都拍摄于一九七六年至一九七八年间，是用"宝丽来"相机拍摄的。那台相机是我买的，那段时间我不停地用它给莉迪娅拍照。当时如果用普通相机拍照，自己不会洗，必须送到专业摄影师那里才能洗出来，一个人的私生活就会暴露在陌生人的目光之下，然而用这种相机，拍完照可以马上成像。每当我给莉迪娅拍完照，她就会来到我身边和我一起见证奇迹的出现：相机里吐出来一张方形相片，她纤细曼妙的身姿就从照片上的浓雾里慢慢浮现出来。那些年里，我给她拍了很多照片。我回到婉姐身边时，我带着莉迪娅的一些照片，我觉得，拍摄那些照片，就好像在拍摄我生活的乐趣。这些照片里有好几张，她都是裸体。

在梯子顶上，我头脑一阵混乱。不知道为什么，我很难理清头绪，我突然想到拉贝斯，我昨晚一整晚都没想到它。昨天，那个年轻警察笑着对我说，它去找女朋友了吧。谈到性时，大家总是会笑，即使所有人都知道：性会引起争端，给人带来不幸，滋长暴力，让人走向绝望甚至死亡。当年我选择离开家时，不知道有多少熟人或朋友在背后笑话我。他们一定觉得这很有趣（"阿尔多在外面偷腥了，哈哈！"），这正像当时我、纳达尔以及警察一想到拉贝斯出去找母猫的反应一样。只不过我回来了，而拉贝斯没有回来，至少到现在还没回来。外面只能听见鸟叫声，没有猫叫声。我想到了婉姐，当警察开玩笑时，她并没有笑，只是用不耐烦的眼神看着我。她认为拉贝斯被人绑架了，小偷迟早会来要赎金的。但没有人把老太太的推测当真，警察首先很确信：吉卜赛人不会偷猫来要钱的。这是肯定的，我站在梯子上想，吉卜赛人肯定不会这么做。我好像明白自己为什么会突然间想起拉贝斯了。照片和猫，这两样和性欲相关的东西一同消失了。偷走这些东西的人并不是吉卜赛小孩,他们的目的也并不是要偷几串金项链。他们洗劫整栋房子,是想找到主人的弱点,然后再要挟他们。

我又想到了那个送理疗仪的女孩,她逗了一会儿猫,她敏锐的眼神掠过书架上的书、小摆设和蓝色方块。尽管那个蓝色方块放在高处一个不起眼的地方,但很快吸引了她的目光。她当时就说,颜色很漂亮!多厉害的眼睛。我突然感到怒火中烧,我努力让自己平静下来。到了我这个年纪,很容易把怀疑变成推论,把推论当成事实,最后成为一种顽固的念头,挥之不去。我小心翼翼从梯子上下来。那个推论很容易让我胡思乱想,我首先必须确认:还有没有什么明显证据,有没有什么马上到来的危险。那些小偷——我强迫自己不再想那个送理疗仪的女孩,而是想到那些可能出现的小偷——他们在家里翻箱倒柜,找到了盒子,打开了它,但他们可能最多笑两声,把那些照片扔在翻出来的东西里,这是最有可能的事。但我心想,假如事情是这样,我要赶紧把所有地方都检查一遍,不管是这里还是其他房间,要是婉姐看到这些照片,那就很难收场了。如果出现这种局面,那么这些年我的小心翼翼、隐忍克制不就白费了吗。现在我们都老了,步履蹒跚,身体虚弱,在我们需要相互扶持的时候,却要落得一个两败俱伤的结局吗?我很用心地检查了家里的每个角落,把靠着书架放的那些东西翻来翻去,希望那些照片忽然跃入眼帘,希望是我昨天晚上疏忽没看到。

　　但我越翻就越心不在焉，我想起莉迪娅，想起我们在一起的那段幸福时光。假如我找到了那些照片，我会像丢掉那些信一样把它们也扔进垃圾桶。但我无法容忍这些照片就这样永远消失了，之前我独自在家时，会看着那些照片，我会很激动，会觉得安慰，或者陷入忧伤。这些照片证明在我这一生中，我曾经有过一段短暂但却幸福的时光。我老了，一段时间以来，有时候我恍惚觉得，那时的快乐，那种没有任何怨毒的轻盈时光是我的幻觉，是大脑缺氧时产生的错觉。接下来会发生什么事？我一边翻箱倒柜，一边胡思乱想，我确信照片不在书房里，也不在客厅。那会在哪儿？再过一会儿婉姐就要醒了，她肯定会开始整理东西，她的手脚要比我勤快得多。她的眼神不会迷茫涣散，迷失在各种想象之中，而是会全神专注地收拾。那些照片肯定在某间卧室里，可能是在桑德罗或安娜以前的房间里。如果让婉姐看到了，她会发现，这几十年以来我不仅从来没有忘记过莉迪娅，而且她年轻的容貌和身体一直在我脑海中定格，而婉姐却在我身边，在我眼前一天天地老去了。更糟糕的是，为了让婉姐满意，让她不要多想，我可能还必须当着她的面把照片全都烧掉，毁掉，来不及看最后一眼。

　　我轻手轻脚地打开门，走进安娜的房间，她房间也是一片狼藉。在明信片、剪报、歌手演员的照片、五颜六色的画、写不出字的笔、直尺、三角尺，还有其他乱七八糟的东西里，我开始找那些相片。后来，我听到卧室门开了，我听到婉姐的脚步声。我看见她面色苍白、眼睛浮肿地出现在门口：

"你找到拉贝斯了吗？"

"没有，找到了我肯定就叫醒你了。"

"你睡觉了吗？"

"只睡了一会儿。"

三

吃早餐时，我们像往常一样沉默不语。我只是随口劝她再去睡会儿，可她拒绝了。等她把自己关在洗手间里，我松了一口气，我赶紧去桑德罗的房间里继续找。可时间太短了，二十分钟后，婉姐就从浴室出来了，头发还是湿的，看起来满脸不悦，不过她已经做好了准备，要把家里从里到外都收拾一遍。

"你在找什么？"她有些不安地问我。

"没什么，就收拾一下。"

"你看起来不像是在收拾东西。"

我很窘迫，她从来都不认为我能帮助她，她总觉得我会帮倒忙，她自己一个人会做得更快更好。我有些恼火地说：

"你没看到我整理了客厅和书房吗？"

她走过去看了一下，满脸不高兴。

"你确定你没把有用的东西扔掉了？"

"我只清理了那些被弄坏的东西。"

她将信将疑地摇了摇头，我担心她会去翻垃圾桶。

"相信我。"我说。

她嘟哝了一句：

"垃圾袋都满了，你把它们扔到外面的垃圾箱去。"

我有些慌乱，我不想让她一个人在家。我一直跟在她身后，如果看到了那些相片，我就冲到她前面抢先拿走。

"我们一起下去扔吧，"我说，"袋子挺多的。"

"你多走几趟吧，总得有人留在家里。"

"为什么？"

"他们可能会打电话进来。"

她还是觉得小偷会打电话给我们，会把拉贝斯还回来。她的这种想法也感染了我，我又开始怀疑那个给我们送理疗仪的女孩。她可能会打电话来，也可能不会，可能是她的同伙——那个穿着人造革夹克男人打过来。于是我说：

"他们会想和我谈。"

"我不觉得。"

"一般来说，这种事都是找男人谈。"

"这可不一定。"

"你真的准备要花钱把猫赎回来吗？"

"难道你希望他们把猫弄死吗？"

"不。"

我脑中响起那个男人和女孩的声音，他们冷嘲热讽。关于我们的猫，他们或许会说，我们想要这个数，而照片嘛，另外算。不同意吗？不同意的话，我们就把照片给您太太看。当然，我也可以对他们说：照片上的女孩是我太太年轻的时候，但他们肯定会大笑起来，会这样回应我：那就没问题啦，我们会把照片连同猫一起还给尊夫人。就是这样，一切都可以预见。我想争取时间，我叹息说：

"现在暴力事件真是太多了。"

"暴力事件一直都有。"

"但从来没有闹到家里来。"

"是吗？"

我沉默了，她忽然说：

"你还不去丢垃圾？"

我弯腰捡起一块之前漏掉的碎玻璃：

"或许，我们可以先把整个房子打扫一遍，然后再把垃圾一起带下去。"

"给我腾一点地方，赶紧去吧。"

我把所有垃圾袋都放进电梯，最后发现自己挤不进去了。于是我走下一楼，按下电梯按钮，电梯下来了。我把垃圾袋都拖到垃圾箱那里，但它们都太大，全都鼓鼓的，纸类垃圾箱塞不进去，塑料和玻璃类更塞不进去，没有一个能放进去。在把垃圾收进袋子之前，我应该对垃圾分类，可现在只能这样了。我把那些垃圾袋放在马路边上，一个挨着一个摆得很整齐，心里祈祷着纳达尔没在透过窗户看我。

天气已经很热了，我把身上的汗擦干。纳达尔可能会投来的目光，让我想起其他人的目光。谁敢说小偷一定会打电话给我们？他们现在很可能在某个角落里监视着我。大马路上只有寥寥几辆车，一位年轻黑人靠在一辆车旁，他会不会就是同伙之一？这条空旷的马路上，除了我就只有他了。我走回大门，用余光盯着他看。我的心跳开始加速，后颈很疼，全身好像要浮肿起来了。这是我第一次希望桑德罗或安娜从天而降，帮我一把，尤其是让我日渐衰老的脑袋清醒过来，他们像往常一样取笑我：你想太多啦，老觉得到处都有危险，有人要害你，你应该回到现实中来，你脑子里还想着十年前写的那些电视剧。

我心烦意乱地回到家，看了妻子一眼，就知道在我扔垃圾时，她没有找到那些照片。我急忙在脑子里拟好了一个草稿，应对可能出现的紧急状况：我不知道，谁知道这些东西从哪儿冒出来的，给我吧，我去扔了。我打算在整理东西时也要更彻底一些，家里已经给弄成这样了，我们要利用这次机会，清理一些东西。我看婉妲醒来准备收拾屋子的样子，估计她也是这么想的。但我出现在客厅时，我觉得她的工作也没什么进展。我发现妻子在一个角落里

116

翻找什么东西，我的出现吓了她一跳，她一听到我的声音就马上站了起来，嘴唇紧闭，用手轻轻把裙子扯平。

四

天越来越热，我把客厅和书房留给婉妲收拾，我去整理安娜和桑德罗的房间。我想要不慌不忙地找那些照片。我妻子在收拾屋子时没弄出一点儿动静，也没有说话，然后我又去检查了卧室和浴室。我确信，那些照片不在家里的任何角落，这也意味着事情更糟糕。我回到客厅，发现阳台门敞开着，妻子坐在阳台门槛上看着外面。她刚才什么都没做，客厅和我之前离开时一模一样。

"你不舒服吗？"我问。

"我很好。"

"有什么不对的地方吗？"

"全不对。"

我尽量用一种饱含深情的语气对她说：

"拉贝斯肯定会回来的。"

她转过身来，看着我。

"你给它起这个名字的原因，为什么现在才让我知道？"

"我从来没瞒着你，它是我们养的宠物，我叫它拉贝斯，这有什么问题吗？"

"你是个骗子，你一直就是骗子，老了还打算一直骗下去。"

"我不明白你在说什么。"

"你再明白不过了。那儿有本拉丁语词典，就在地上。"

我没再反驳她，当婉妲想发泄时，她总是会抓住一些细枝末节的事。我往她刚才指的那个角落走过去，看见一些没有遭到破坏的书摆在地上，那里有一本打开的拉丁语词典，翻开的那一页正好有我十六年前给猫取的名字。这是一个巧合，我觉得婉妲应该不会很在意这件事情。她不像从前那样用带刺的口气说话，她的声音很机械，就好像吐出那一串词没有实质意义。词典——她一边喃喃自语，一边看着阳台栏杆外面——是打开的，就在字母"L"那一页，"Labes"这个词用笔画出来了，后面的解释也画了出来，一条条画了出来。坠落，崩塌，倒塌，毁灭。这就是你爱开的那种玩笑。我总是充满爱意地叫着猫的名字，而你在我背后因为我不知情而窃喜，这个名字包含的糟糕意思回荡在整个屋子里：混乱，不幸，肮脏，可恶，耻辱。耻辱，你让我每天都喊这个名字！你总是这样，看起来像个好人，其实一直都在很阴险地宣泄你的坏情绪。我不知道是什么时候发现你这一点的，总之很早，几十年前我就知道了，甚至可能结婚之前我心里就有数了，但我还是义无反顾地嫁给你了。我当时很年轻，我为你着迷，那时我并不知道这种迷恋是多么偶然的事。有很多年，我一直过得很不幸福，也不能说完全不幸福。过了很久我才发现，我对其他人的好奇心与对你的其实差不多，但我明白得太晚了。周围的一切让我很迷惑。每次我都会心里想，我也可以拥有一份爱情：就像雨一样，雨滴与雨滴碰撞，汇成一条小溪。只要保持着最初的好奇，好奇逐渐成为诱惑，诱惑滋长性欲，性事一次次重复，就形成一种必需和习惯。但当时我觉得，我必须永远只爱你一个人，我不再想这些，而是全心全意照顾孩子。我真是太傻了。假如我曾经爱过你——但现在我不是很确定，因为爱情就像一个容器，人们把什么东西都往里放——那也是很短一段时间。可以肯定的是，你并没有给我带来那种独一无二、激情四射的感觉。你只是让我觉得自己是一个成熟女人：夫妻俩一起生活，同床共枕，生儿育女。当你离开我之后，我感觉我为你牺牲的一切都是徒劳的，这是最让我感到痛苦的事。而当我重新接纳你时，不过是为了拿回你带走的东西。但我很早就发现，七情六欲、爱恨情仇混杂在一起，我很难去确定你到底欠我什么，所以我想尽一切办法挤对你，想让你回到莉迪娅身边。我从来都不相信你会真心悔过，发现你想要的只是我，不是其他女人。我日思夜想，你怎么会骗我骗得那么深。你根本没有花一点心思在我身上，你对我一点同情心、亲切感也没有，就算你看到我那么痛苦，生不如死，你都无动于衷，不会伸出手拉我一把。你通过各种方式让我看到你是如何爱莉迪娅，你从没那样爱过我。那时我就清楚，让一个心有所属的男人重新回到妻子身边的原因，从来都不是爱。所以我对自己说：看看这一次他能忍多久。可我越是折磨你，你就越容忍。是的，拉贝斯，你说得没错，这是一场灾难。这么多年过去了，在这场长达几十年的戏里，我们养成了一个习惯：生活在灾难之中，享受耻辱，这就是把我们捆绑在一起的东西。为什么？或许是为了孩子吧。但从今天早上开始，我也不确定了，对我来说，他们也变得无所谓了。现在我的生命已经走过快八十个年头，我终于可以说，我这一生没有遇到任何我喜欢的东西。我不喜欢你，不喜欢两个孩子，也不喜欢我自己。这就是为什么你走了以后，我会那么愤怒。我觉得自己好愚蠢，我没能做到比你先离开，我用尽了全部力气让你回来，就只是为了告诉你：这次是我离开。但你看，我还在这里。当你尽力想把一件事情解释清楚时，你会发现，你把事情说清楚了，是因为你把问题简单化了。

　　她当时说的大概就是这些，我用自己的话概括了一下。自从我们复合之后，这是她第一次对我敞开心扉，但她并没有与我交流的意思。我只是偶尔打断她的话，进行一些无力的反驳，但她根本不让我插嘴，或许她是不想听我说。她一直在说着自己的事情，好像在自说自话。我突然开始走神，我脑海里盘旋着一个问题：她为什么会如此无情地对我说这些话？她难道意识不到，她说的那些话会对我们晚年生活带来多么严重的后果吗？我自问自答，我对自己说：你别紧张，她跟你不一样，她从来没有经历过你童年经历的那些恐惧。正因为如此，她才会夸张，或者会一年年变得越来越冷酷无情，越来越享受这种言过其实的指责，她日后也会一直重复这样残忍的话。所以你最好保持沉默，小偷把家里搞得天翻地覆，她累了，她很沮丧，还有很多家务等着她，在这种时刻，一个小小的刺激就能让她崩溃，让她把一切撂下。所以假如你要开口说话，你可以建议她给可以帮她的人打个电话，开导她，告诉她这花不了几个钱；要时刻提醒自己，她的骨头很脆弱，不能太累。总之要躲开，假装什么事儿也没有发生，你要保护余下的日子：几年、几个月。

五

我不知道我妻子说了多久：一两分钟还是五分钟。唯一可以肯定的是，她见我毫无反应，终于看了看表，站起身来。

"我去买点东西，"她说，"你注意听电话，还有门铃。"

我关切地回答说：

"去吧，不用担心。如果那些小偷露面，我来对付，拉贝斯会回来的。"

她没有回应。当她拉着购物车准备离开时，她嘟囔一句：

"猫再也回不来了。"

121

我觉得她是想说，她已经对此不抱什么希望了。她穿过客厅和玄关，打开家门，她向我解释，她让我注意听电话和门铃，并不是小偷会打电话，而是已经过了两个星期，之前我们租用理疗仪的那家公司今天会派人来把它取走。

"别又让人家骗了钱。"她说，然后带上门出去了。

她已经不再相信有人偷走猫想要赎金这种可能，而我已经证实了那些相片下落不明，我发现我比之前更相信这种可能。不仅如此，我还在想：等一下来家里拿理疗仪的人会是谁呢？是一个新送货员，还是之前那个眼尖的女孩？很快我就确定，那个女孩还会再出现。过了一会，我妻子回来了，她开始在厨房忙活。我故作镇定，但实际上越来越紧张，头也开始痛。我好像已经看到那女孩出现在门口，或许她会过来对我说：拉贝斯在我们手里，照片也在我们手里，我们要这个数。而我或许会问：要是我不同意呢？不同意的话，她可能会回答——不，她肯定会说——不同意的话，我们就把猫杀了，把照片交给应该交给的人。我心里很忐忑，我吃下一口鲜奶酪，觉得很难下咽。

或许刚才那通话让婉姐得到了发泄，吃过午饭后，她又恢复了之前的模样。她开始有条不紊地打扫厨房、卧室、安娜的房间、桑德罗的房间，还列了一张单子，记下所有需要修理的东西。我听到门铃电话响时，她正在给一位她信任的木匠打电话，商量价钱。我走过去接门铃电话，听见一个女人的声音，她说她是来取理疗仪的。这个女人与两个星期前来的那个女孩是同一个人吗？很难听出来声音，她没说几个字。我按了开门的按钮，然后跑到窗子那儿，探出头朝街道看过去。出现在门口的人正是她，她用一只手抵着打开的门，但没进来，她正在跟一个男人说话，玉兰树枝把那个男人挡住了，我只能看到他的背影。我的呼吸开始急促，我现在一紧张就会这样。从我站的角度，完全无法确定他是不是之前那个穿着人造革夹克的男人，总之我的血液开始沸腾，我感到一阵混乱，我希望是他，又害怕真的是他。他们在商量什么？他们有什么计划？女孩上来，男人在下面等吗？不，他们看起来像是已经决定好了要一起上来。不管是哪一种方案，我都是死路一条，我总会面临那个时刻。要如何应对呢？回到从前重新开始吗？就算已经到了这个岁数，我也知道每个故事都会出现这样的场景，都会有一个结局。这时有一种强烈的恐惧感向我袭来，非常清晰，就像以前那次，父亲终于决定要与我们一起吃晚饭。那时我们早早坐在餐桌前等着，我听到他懒散的脚步声在走廊响起，猜他今天心情怎样，好还是不好？他会说什么？他要做什么？这时候我妻子——她刚刚挂掉电话，她应该是没听到门铃电话响了——从卧室对我喊道：

"你能不能过来一下？拜托了，帮我挪一下衣柜好吗？"

第三部

第一章

一

　　母亲把我们放在离咖啡馆很近的地方。我几岁了？九岁？桑德罗几个月前就满十三岁了，我记得他的年龄，因为我和妈妈为他准备了一个蛋糕，在点燃的生日蜡烛前，他说假如能一口气吹灭所有蜡烛，那么他想实现一个愿望。妈妈问他是什么愿望，他回答说是和爸爸见面。就这样，都是因为他的缘故，我们来到咖啡馆。我很惶恐，我对爸爸一无所知。我曾经很爱他，但从很久以前开始，我已经不爱他了。一想到要见他，我肚子就疼起来了，因为害羞，我不愿告诉他我要去厕所。我哥哥事事都很霸道，母亲总是惯着他，顺着他的性子来，所以我很生哥哥的气，也很生母亲的气。

二

　　我就记得这么多，没有其他的了。但坦白说，我也不

127

是很在乎，这只是给桑德罗打电话的借口。我打给他，他手机响了很久，后来转到语音留言。我等了两分钟，然后再打给他。足足打了五次，他才接电话。他恶狠狠地问：你想干吗？我张口就问他：你还记得我们去查理三世广场上那个咖啡馆里和爸爸见面的事吗？我装出小女孩的声音，语气矫揉造作，边说边笑，好像我们之前什么事儿都没发生过，好像我没有想方设法从他那里搞到贾娜姨妈的钱，好像我没对他大喊大叫一样，我说假如他真的连一个子儿也不给我，那对我来说，他已经死了埋了，我再也不想见到他。

他一言不发，他肯定在想：已经四十五岁的人了，还像十五岁一样混账。我能感觉到他的所有想法，我心里清清楚楚，我知道他讨厌我。但这不打紧，我一股脑儿地跟他聊爸爸妈妈、我们的童年，还有许多年前我们与父亲的那次见面，聊我记忆的缺失，谈到我忽然想填补这段记忆。他试图打断我，但那不可能，我不允许任何人打断我说话。我忽然说：

"我们见个面吧。"

"我有事。"

"拜托了。"

"不行。"

"今天晚上？"

"你知道今晚上你该做什么？"

"什么？"

"该你去喂猫了。"

"我不去，我从来没去过。"

"你在开玩笑吗？"

"没有。"

"你答应妈妈的。"

"我是答应了，但我没法一个人去那屋里。"

我们就像这样闲扯了一会儿，他明白我不是在开玩笑：爸爸妈妈在海边度假的一个星期快结束了，但我一次都没去喂过猫。他说：怪不得我老是发现家里臭气冲天，水碗里没有什么水，食槽里连一粒猫粮都没有，拉贝斯总是很暴躁。他很生气，厉声斥责我自私冷血，不负责任。但我一点也不生气，我继续用那种假装出来的声音，时而爽声大笑，时而表现害怕，亦假亦真，有时候也会自嘲。他慢慢冷静下来，用大哥的语气说：好吧，你跟你最近勾搭的那个男人滚到克里特去吧，从今天晚上起，我来照顾拉贝斯，以后别他妈烦我了。

我们都陷入了沉默。我开始改变策略，我知道什么时候该换语气，把那种小女孩的声音改成妈妈那种楚楚可怜的声音。我低声说：克里特岛和新男朋友的事是我编的，只是为了不让爸爸妈妈担心；其实今年我不会去度假，我一分钱也没有，我厌倦了这一切。

他是什么样的人，我一清二楚，现在他走投无路了。

129

只好说：好吧，我们一起去喂拉贝斯。

三

我们在父母房子大门前见面，我讨厌马志尼广场的每个角落，这条街也不例外，雾霾和河流的臭味也会蔓延至此。拉贝斯叫得撕心裂肺，楼梯上都听得到。我们上了楼，打开门时我感到一阵恶心，我赶忙去打开窗户和阳台门。我开始和猫说话，说它真是讨厌，这倒让它静了下来，跑来欢快地蹭我的脚踝，但听到桑德罗在给它准备猫粮，它就撇下我，一阵风地跑了过去。我站在客厅里，从十六岁到三十四岁，我一直住在这里。这房子令我很感伤，父母和他们的破玩意儿，好像他们把之前我们住过的房子里最糟糕的东西都汇聚在这里了。

我听见拉贝斯在厨房嘎吱嘎吱地吃猫粮，桑德罗走了过来。他有些不耐烦，完成任务之后，他想尽快离开。但我坐在沙发上，又说起我们的童年：父亲抛弃了我们，母亲伤心欲绝，还有那次我们与父亲见面。桑德罗并没有坐下来，他想让我明白他着急走。他忍不住反驳了我几句，他觉得自己有义务做个孝顺儿子，他说了几句充满感恩的话，我用讽刺的语气说起之前的事情，这让他很不满。

他大声声明："你胡说，是爸爸要求我们见面的，不关我的事。还有，我们不是在查理三世广场上的咖啡馆见的

130

面。妈妈把我们送到了但丁广场，爸爸在那里的纪念碑下等我们。"

"我记得是查理三世广场上的咖啡馆。爸爸以前也说，我们见面的地方是咖啡馆。"

"你要么相信我，要么算了，再这样聊下去也没用。他带我们去了但丁广场上的一家餐厅。"

"后来发生了什么呢？"

"什么都没有，他一直在说话。"

"他说了什么？"

"他说他在电视台工作，经常会遇到著名的演员和歌手，离开妈妈是对的。"

我禁不住大笑起来。

"的确如此，我也觉得他做得对。"

"你现在倒是可以这样说，可当时你难过得晚上睡不着，吃什么吐什么。你把我和妈妈的生活搅得乱七八糟，更别说爸爸的了。"

"你撒谎，我从来都不在乎他。"

他摇了摇头，他上钩了，决定坐下来和我慢慢说。

"你至少还记得鞋带的事吧？还有你当时说的话。"

鞋带？我哥哥就是这种人，他喜欢提出任意一个细节，然后在上面大做文章。女人倒是很赏识他这种本事，他先把她们逗开心，然后再上演一场肥皂剧。我觉得他应该继承父亲的衣钵，在电视台工作，假若可能，他可以做

131

个主持人，在荧幕里对电视前的少妇少女谈天说地，而不是学习地质学。我看着他，假装对他要告诉我的事非常好奇。他外表俊朗，举止潇洒，待人彬彬有礼，他身材瘦削，真是天生运气好，他脸蛋像年轻时一样润泽，虽然快五十岁了，但看起来还不到三十岁的样子。他要照顾三个妻子。三个妻子，是的，虽然他只结过一次婚。他有四个孩子，在这个年代可算是个传奇：两个孩子是原配生的，还有两个是另外两个女人生的。此外，他还有各个年龄段的女性朋友，他经常与她们往来，他不仅乐意充当她们的倾听者，假如有需要，他还可以提供一些性方面的慰藉。他对女人很有一套，这才是重点。他一分钱也没有，他把钱全花在了女人和孩子身上，他早已将贾娜姨妈的遗产挥霍殆尽，即使找到工作也会很快丢掉。就连他也可以勉强过下去，而我生活下去都成了问题。为什么呢？因为他四个孩子的三个母亲生活都很优渥，虽然她们跟其他男人一起过了，也仍然把他当作一个深情的男人，一位极好的父亲，这就成了他可靠的保障。你要是看到他跟孩子在一起的样子就知道了，几个孩子都很爱他。当然，他有时也会陷入麻烦，因为即便是他，也很难维系一张这么复杂的感情网，那些女人为了独占他，争斗得很厉害。即使如此，他也还是能处理好这些问题，我知道原因：我哥哥是个伪君子，甚至在面对自己时也很虚伪。他能同时关注和安慰很多女人——通常，一些关于道德的陈词滥调，从他嘴里说出来，简直太虚伪了——那是因为他很擅长模仿各种情深意切，但实际上，他从来没有过这些情感。

"什么样的鞋带？"我问他。

"系鞋的鞋带。当时我们正在吃饭，你问他，我系鞋带的方式是不是跟他学的。"

"对不起，我不记得了，你是怎么系鞋带的？"

"跟他一样。"

"那他是怎么系的？"

"和别人系鞋带的方式都不一样。"

"他当时知道你系鞋带的方式跟他一样吗？"

"不知道，是你告诉他的。"

我真的不记得这个了。我问：

"他当时什么反应？"

"他很感动。"

"也就是说？"

"他哭了起来。"

"我不相信，我从没见过他哭。"

"是真的。"

拉贝斯小心翼翼地走过来。我暗自思忖，它会来到我身边，还是去找桑德罗。我希望它到我跟前来，这样我就可以把它赶走，猫纵身跳到了桑德罗的膝盖上。我带着一丝怨恨说：

"我敢肯定，当时是你想见他。"

"你想怎么说都行。"

"那妈妈为什么会同意我们见面？当时她已经不发疯了，我们已经习惯了没有爸爸的生活，她拒绝爸爸就可以了。妈妈为什么会突然想把一切都打乱？"

"别说了。"

"不，我想知道：为什么？"

"是我要求妈妈的。"

"你看，这件事还是和你有关。"

"是我要求的，因为当时你的情况很糟糕。"

"呵，你真是个好哥哥。"

"我当时还是个小孩儿。我想，如果爸爸亲眼看到你的情况有多糟糕，他就会明白，你需要他，他会回来的。"

"所以，你觉得爸爸会为我回头？"

"你别做梦了。"

"那后来呢？"

"你真的什么都不记得了？"

"不记得了。"

"好吧，我再告诉你一件事。我们跟爸爸见面的那天早上，妈妈对你说：你注意到你哥哥系鞋带的方式有多可笑了吧？这都是你爸爸的错，他从来没干过一件好事：你见到他时要告诉他。"

"是吗？"

"我们所有人都和鞋带的事情有关。爸爸回家是因为妈妈，因为我和你，我们仨都希望他回来，你明白了吗？"

四

这就是桑德罗，他能给所有事情涂上一层蜜糖，让人往好的方面想。看看现在他多疼爱拉贝斯，他轻抚着它，拍打着它，拉贝斯一副惬意的样子。他对谁都这样，无论是宠物还是人。他是妈妈的心肝宝贝儿，正经的事儿，爸爸只跟他讲。就这样，他什么都得到了——感情、赞赏、金钱——留给我的就只有残渣。呸！真是太虚伪了，他讲的那件关于鞋带的事情也虚伪至极。他会因为我痛苦就让妈妈带我们去见爸爸吗？我们俩能感动爸爸，使他马上回家吗？妈妈会为了我们想办法让丈夫回来吗？我们美满的小家庭就这样重新团聚了？他把我当什么人了？他的一位爱慕者吗？我对他说：

"对于我们的父母来说，把他们绑在一起的是让他们可以一辈子相互折磨的纽带。"

我站了起来，从他膝上抱起拉贝斯，抱到阳台上抚摸它。拉贝斯起先还在挣扎，后来就安分了。在阳台上，我跟桑德罗说：父母给我们上演了具有教育意义的四幕剧。第一幕：爸爸妈妈正值青春，幸福美满，两个孩子享受伊甸园般的幸福；第二幕：爸爸找了另一个女人，跟她跑了，妈妈变得疯疯癫癫，孩子失去了伊甸园；第三幕：爸爸忏悔，重新回到家里，孩子想再次进入人间乐园，爸爸和妈妈则时时表示这是白费力气；第四幕：孩子发现伊甸园不复存在，而且从来都没存在过，他们要满足现有的地狱。

桑德罗脸上露出一丝不悦：

"你比妈妈还坏。"

"你不喜欢妈妈啦？"

"我不喜欢你：她把所有缺点都传给了你，而你却把这些缺点发扬光大。"

"哪些缺点？"

"所有缺点。"

"举个例子。"

"喜欢列举：第一、第二、第三、第四。你们俩都喜欢设置圈套，把别人关在里面。"

我冷冰冰地说，我这是想让他知道我们都经历了什么。你用得着马上回击我吗——我很懊悔——如果我比妈妈还坏，那你就比爸爸还坏，你从不听人说话；你甚至继承了他们俩的所有缺点，因为你不仅不听人说话，你还跟妈妈一模一样，揪住芝麻小的细节，滔滔不绝地扯出一堆破事儿。他双唇紧闭盯着我摇了摇头，然后看了看表。一则他怕自己说得太多了，二则他寻思跟我说什么也没用，不可能和我好好说话，我只会吵架。在他起身离开前，我回到客厅，重新坐在沙发上。拉贝斯又躁动起来，我亲了亲它的头，安抚它。是时候告诉哥哥我打电话的真实原因了。

我小声嘀咕了几句：我们还能做什么，没人能躲过这种血缘关系，这既不是你的错，也不是我的错，都是一脉相承，甚至连挠头的方式也一样。我笑了笑，好像我说了什么风趣话。所以我依然笑着，开门见山地说出了在我脑子里酝酿已久的想法。我说，我们可以让爸妈卖掉这套房子：这套房子至少值一百五十万欧元，然后我们对半分，一人七十五万。

五

桑德罗忽然饶有兴趣地看着我。有一件事情是确凿的：我们对金钱的执念源于妈妈。爸爸是挣了些钱，但他一心扑在了事业上，好像根本没有察觉到他挣了多少钱。他看重的是工作，是别人的认可，他唯一担心的是失去这种认可。但在钱的问题上，长久以来唯有妈妈在操心。她省吃俭用，把钱存了起来，这栋房子就是她要买的。她教育我们珍惜每一分钱，她对子女的爱也是通过金钱表现的。但她存钱从来不为自己，更不是为爸爸，而是为了能让我们俩现在过得好，将来也有保障。邮局存折、银行账户，还有这栋房子是她向我们表达爱的方式。一直以来，我都相信这一点，也许桑德罗也是这么想的。我爱你们的证据就是——妈妈每天都在我们面前做出这副样子——我不为自己花钱，而为你们存钱。这种方式在我身上造成的结果就

137

是：缺钱让我失去爱的能力，也没办法让别人爱上我。因此，当贾娜姨妈将她所有积蓄都留给桑德罗时，我非常生气。我得知这个消息时，简直有些神经错乱，医生给我开了很多精神药品，他们说这是原因所在。但我很难厘清思绪，总是有一些东西没有办法说清楚。没钱就没感情，可能这话也是真的，但为什么一有钱我就挥霍殆尽，一有人对我动感情我就把他们吓跑？难道桑德罗不也是这副德行？所有那些有钱的女人，那些娇惯的孩子，难道不正说明了那是一个无底洞吗？对妈妈来说，存钱就是她的乐趣，也许是她唯一的乐趣，而我们只有在花钱时才觉得舒服。我和哥哥一模一样。这段时间，我没什么钱，却渐渐衰老，身体发福，皱纹和白发越来越多。桑德罗还是青春常驻，他睫毛很长，眼睛碧绿，五十岁了，不用染发就有一头乌黑的头发，不运动就有运动员的身材，真叫我嫉恨。他终于听我讲话了，我扯开话题，给他时间考虑我的想法。我说：他们那一代人很幸运，过过苦日子，后来有了舒适的生活，爸爸甚至还做出了一些成就，他俩都有丰厚的退休金，还他妈想要什么，你不觉得吗？

桑德罗眨眨眼，好像要抹去我为他描述的画面，他问我：

"为什么他们要卖掉这栋房子，把钱给我们？"

"这房子是我们的。"

"房子是他们的。"

"是的，但我们最终会继承过来。"

"那又怎样？"

"让他们提前把遗产给我们。"

"那他们住哪儿？"

"我们在偏远一点的地方租个小点的公寓，两间卧室，一个厨房，我们付租金。"

"你疯了。"

"为什么？你还记得玛丽莎吧？"

"谁？"

"我的一个那不勒斯的朋友。"

"怎么了？"

"她要求父母这样做，她父母同意了。"

"妈妈才不会答应，这是她的房子，她在上面花费了很大的心血。对于爸爸来说，这是他工作成果的某种体现。"

"但他们的生活已经过去了。"

"我觉得他们至少还能活二十年。"

"这就对了。二十年后，我六十五，你七十，假如我们能活到那时候。六十五岁的时候，拿了这个房子一半的钱，我还能干什么？你想想吧，别老让我当恶人。他们都老了，住在台伯河岸的城堡里，这有什么意义？"

他摇摇头，以一种理直气壮、不赞同的姿态看着我。他想让我觉得自己错了，从我们小时候开始，他就这样。钱自然他也想要，从他脸上就看得出来。但我了解他，我知道他肚子里的盘算。他的美梦就是：我一个人完成所有事情——跟父母商量，说服他们卖掉房子，跟他分钱——同时，他则扮演一个操心父母的儿子，大讲伦理道德。我知道如果我要征得他的同意，就不能与他硬碰硬，必须忍受他的语重心长。他已经激动起来了。无论愿不愿意，我都有自己的脸面，我可不是块没有感情的石头。所以，如果他刺激我，我不知道自己会怎么反应。可他不仅刺激了我，还伤害了我。

"要是三十年后你的孩子也这样做，你会怎么办?"他问我。

六

我气冲冲地回答说，我从父母那儿学到的唯一教训就是不能要孩子。说完后我假装平静下来，用哽咽的声音说：无论如何，你都会伤害到孩子，所以就等着孩子带给你更多伤害吧。我知道他不喜欢这样极端的话，我是故意说的。他不负责任地生了四个孩子在这世上，现在看看他怎么回应。

他自我吹嘘一通，像往常一样说得头头是道。他当然深信他走的路是对的：拥有多个妻子，充当多个孩子的父亲，情感和性生活都分成好几块。角色和身份混乱。总之，传统的夫妻观念已经被推翻了：一夫一妻制是不存在的，一个男人可以爱很多女人，可以爱很多孩子。我——他用一贯甜腻腻的傲慢语气说——会照顾孩子，让他们什么都不缺，我是当爹又当妈。

我尽量不反驳他，任凭他炫耀自己前卫开放的思想。我尽量不受他的影响，但他实在太讨厌了。后来我突然漫不经心地说，他从未真正摆脱掉小时候那些糟糕的经历，他把妈妈传递给我们的痛苦转移到了几个孩子身上：男人变成女人，女人变成男人，爸爸变成妈妈，妈妈变成爸爸，家庭内部的角色扮演，这全都是掩饰，你还是以前那个充满惊恐的男孩。我越说越生气，这股怒火平常都被压抑在内心深处。我一字一句地说，我支持取缔生孩子，取缔怀孕和生产，绝对要取缔，我甚至想抹去女性生孩子的历史，抹去所有相关记忆，性器官只该用来尿尿和做爱。我对他咆哮着说——甚至是做爱，我也不知道值不值得。我们大声地争吵起来——拉贝斯被吓跑了——你一言我一语，唇枪舌剑。他为了捍卫自己的立场，说了很多陈词滥调：在深夜紧抱心爱的人可以缓解焦虑；爱比信仰上帝更有用，如同一种祷告，能够避免死亡的风险；生孩子能缓解焦虑，啊！孩子真的可以带来很多喜悦和甜蜜，看见他们成长多令人欣慰。你会发现自己是无穷无尽、一代代人中的一个，你承上启下连接着上一辈人和下一辈人，这是唯一的永垂不朽的方式等等。

我听着他说。他的话听起来就像一场仁爱的布道，但

141

实际上却是为了伤害我。他想让我嫉妒他，因为子女给他带来了很多欢乐，他想让我后悔没要孩子，想让我为之痛苦。你——他强调说——没有孩子，你无法理解这种感觉，所以你才信口开河。的确如此，我没法理解——我被彻底激怒了——我没法理解你处处留种，没法理解那些像母马一样发情的女人，她们心急似火地想生孩子，因为这是她们的生物本能。生物本能——多么索然无味的表达，时间悄然无声地逝去，我从没感到过这种生物本能的召唤，这样更好。真是无法想象，我会哀嚎着生孩子，打了麻药后被剖开肚子，最后带着恶心醒来，面临抑郁和恐惧，想着面前的小娃娃再也摆脱不了了。哎，好吧，为孩子而活。无论如何，你把他们生了下来——粘贴和复制——无论发生什么事情，你都得带着他。你有了去国外工作的好机会，或者你要夜以继日地工作，向一个你期待的目标奋斗，或者你想和一个男人在一起度过所有时间：但你什么也做不了，孩子在那里提醒你，你不能做这些事情。他们需要你，他们就像一条条凶狠、残酷的小蛇缠住你。你尽你所能，想要让他们满意，但你做的总是太少。他们想把你据为己有，你越是着急，他们越是千方百计给你使绊子。你不仅属于自己——多么愚蠢、老套的口号——你想完完全全变成另一个人也不行，毫无疑问，你只属于他们。所以——我大声喊道——生孩子就是放弃自我。你看看你，你好好想想你的真实处境。现在，你跑到普罗旺斯去找科琳，把孩子送回她身边，然后再去看卡拉的女儿，还要去看吉娜的儿子。啊，多好的父亲，啊，多好的爱人。但你开心吗？你一会儿来了一会儿走了，他们开心吗？我依稀记得以前爸爸周末来看我们时的情景。我记不清当时具体的情景，但我一想起那些时刻，还是会觉得难以忍受，真的太难受了，这种感受是肯定的，而且从未消失。我要只属于我一个人的爸爸，我想从妈妈和你手中把他夺走，但他不属于我们任何一个人，他出现在家里，但实际上心思不在我们身上，他放弃了你、我和妈妈。我很快明白，他做得对。走吧，走吧，走吧。他觉得妈妈是一个很扫兴的人，没有任何生活乐趣，我和你也是一样。他没有错，我们确实是这样，很扫兴，真的很扫兴。他真正的错误在于无法彻底和我们断绝来往。他的错误在于，既然已经深深伤害了别人，将别人置于死亡边缘，或者是彻底地毁掉了别人，那你就不该走回头路，就得一不做二不休，坚持到底，作恶也不能半途而废。但他根本不是这样的人，他是一个唯唯诺诺的小男人。他觉得自己是对的，周围人支持他时，他还能坚持一阵子。后来，格局变了，波澜和动荡平息下去了，周围的人不再那么支持他了，他就后悔了，退却了。他回来了，把自己交到妈妈手上，任凭她处置。妈妈心里在想：我们看看你安的是什么心，我不相信你，我不会再相信你，我不相信你是为了我和孩子回来的；我不会相信你，因为我心里一清二楚，做出这个决定你会付

143

出多大代价。因为每时每刻、每分每秒我都会考验你。我会当着孩子的面，考验你的耐心和决心，让他们看看，让他们知道你是个什么样的人。你说你愿意还是不愿意：你愿意为我们付出你的整个生命，就像我为你们付出的一样，你愿意永远把我们三个放在第一位吗？这根本不是他们爱我们，桑德罗，这也不是一家人和好如初。我们的父母毁了我们。他们盘踞在我们的脑子里，无论我们说什么或做什么，都要继续顺应他们。

我太蠢了，就在这时，我忍不住大哭起来。啊，是的，我号啕大哭，像个白痴一样无缘无故地哭了起来。我为自己的脆弱而生气，我哥哥知道如何利用这一点，但他没有这样做。我的独白好像让他很不安，他想让我平静下来。我强忍着呜咽，揩干眼泪，声音充满哀怨，我抱怨没人爱我，就连爸爸妈妈也不爱我。我说，他们从来没有爱过我。哥哥说，你得心怀感恩，因为他们把你带到了这个世界上来。感恩？我笑了笑，大喊道：我们的父母应该补偿我们。他们伤害了我们的感情，毁掉了我们的脑子。我说得不对吗？我擤了擤鼻涕，拍拍沙发轻声说：拉贝斯，到这儿来。

让我惊异的是：猫纵身一跃，乖乖趴到我身旁。

七

我很累，哭了一阵子之后我开始头疼，我和爸爸毛病

144

一样。但眼泪发挥了作用，我和桑德罗之间关系拉近了，假如我趁热打铁，他可能就会谈起我的提议。我轻轻抚摸拉贝斯，打算告诉我哥哥一个秘密，那是前段时间我偶然发现的，当时因为工作需要，我查了一下拉丁语词典，我发现了拉贝斯这个名字的真正涵义。我告诉他，这个名字的意思是灾难和毁灭。他表示怀疑，他知道爸爸的官方解释，拉贝斯是"家养的小动物"。为了说服他，我随即去书房拿词典，拉贝斯跟在我屁股后面。天太热了，回来后我坐在地板上，我找到那个词，把这个词和它的含义都画了出来给桑德罗看。我想让他说说他的看法，爸爸在这事儿上简直太下作了，他不情愿地看了一眼。他嘀咕说，为什么要这样做。然后他什么也不说了，看起来心不在焉。我继续说：一个人因为自己内心阴暗，想出这样一个玩笑，这算什么事儿？这是因为他很阴险？还是说他只是一个可怜鬼？你知道这意味着什么吗？他希望时时刻刻都听到"拉贝斯"这个词回荡在家里，这个词是他内心感受的浓缩，是他选择的，家人都在喊这个词，但他们却不知道这个词的真实涵义。他做了一个我无法理解的表情，我不知道他是否赞同我的看法，但他终于说起卖掉公寓的话题。

"那他们的东西放哪儿？"他问。

"四分之三的东西都可以扔掉。我们搬了好几次家了，妈妈什么都没扔过，还强迫我们俩保留以前的很多破玩意儿。她总是说，这个将来可能会有用，就算那些东西只是会让你们回忆起小时候的事情，那也是有用。回忆？谁愿意回忆？我讨厌我的房间，一进去就烦，从出生开始到最后逃离这个地方，什么破玩意都保存在里面。"

"我的房间也一样。"

"你看到了吗？假如我们的房间里塞满了破玩意儿，那你想象一下，如果把他们的东西整理一遍会发生什么吗？我给你举个例子：妈妈保留了从一九六二年结婚到现在所有的购物清单——面包、面条、鸡蛋和水果——-你知道吗？爸爸呢？他甚至还保存着他十三岁时写的破玩意儿。还不算他发表在报纸和杂志上的文章，读书笔记，所有他的梦境记录，等等。哎，他把自己当成文豪但丁了。他就为电视台写了些肥皂剧，除此之外，别无其他。假如有人真的对他的那些玩意感兴趣——我觉得应该没有人——可以把那些玩意做成电子版的，这样就完事儿了。"

"这是他们留下痕迹的方式。"

"什么痕迹？"

"他们存在过的痕迹。"

"我留下痕迹了吗？你留下了吗？保存东西是妈妈的嗜好，爸爸根本不在乎这些。"

他笑了笑，眼里露出一丝痛苦，我觉得他这次不是装的。

"你这么认为？"

"好吧。要是我们说服了他们把房子卖掉，他们也可以重新整理一下生活，算是相互帮了一个忙吧。"

"我不这样认为。"

"为什么？"

"这个家表面上井井有条，实际上一团糟。"

"你说清楚点儿。"

"我什么也不说，我展示给你看看。"

他起身，示意我跟着他，拉贝斯跟在我们后面。我们进了爸爸的书房，他指着书架。

"你从来没看过上面那个方块吗？"

八

我假装对他说的事情很感兴趣，但事实上，大哭了一场之后，我并没有得到解脱和释放，我只感到焦虑和悲伤。假如我哥哥突然摘下面具，露出他悲伤的一面，那我就该开始担心了。我见他迅速爬上梯子，拿下来一个满是灰尘的蓝色方块。他用衬衣袖口擦了擦，把方块递给我。

"你还记得这个吗？"

不记得，我从没对这方块产生过兴趣，我对这房子里的一切都没兴趣。我讨厌这房子里很多这种品位低下的东西，讨厌每个房间，每扇窗户，每个阳台，讨厌不远处波光粼粼的河流和低沉的天空。桑德罗说，他一直记得那个方块，从我们住在那不勒斯起，就已经出现在家里了。看

147

它多光滑——他喃喃地说——颜色多漂亮：他觉得这是一个美轮美奂的几何图形。爸爸和妈妈在外面办事时——他说——我就在家里到处翻。就这样，有一次我在爸爸那头的床头柜里发现了安全套，在妈妈那头，我发现了润滑液。真恶心，我忽然说，但马上为自己感到羞愧：我四十五岁了，和很多男人女人在一起过，我还有脸觉得父母的性生活很恶心？我不安地笑了笑，桑德罗不经意看了一眼我的手：我们别看了，你在发抖。他真诚体贴的语气让我很惊异。他重新拿起那个方块，灵活地爬上梯子，把它放回原位。我生气了，对他说：别犯傻了，下来吧，你有什么让我看的？他停顿了会儿，有些迟疑。这个方块其实是一个盒子——他说——按这一面就可以打开。他按了一面，盒子真的打开了。他摇了摇方块，从里面掉下来一些宝丽来快照。

我俯身去捡起那些照片。照片上是一个我和他都非常熟悉的人。我们认识她时她就是这样，她脸上露出幸福的微笑。一天早晨，我们——我、哥哥还有妈妈——站在罗马寂静的街头，她走进了我们的视线。我们特意从那不勒斯去了罗马，我们心头是一片可怕的灰暗，我们等的人正是她。妈妈跟我们说：我们在这里等着，她会跟爸爸一起从那道大门出来。的确如此，等爸爸和那女孩出来时——他们在一起真是俊男靓女，光彩照人——妈妈对我们说：你们看爸爸多开心，那个女人是莉迪娅，爸爸就是为了她离开了我们。莉迪娅：一听到这个名字，我至今仍觉得像被什么咬了一口。当妈妈说出这个名字时，她的绝望传递到了我们身上，让我们仁息息相通。那次我仔细看着那个女孩，她马上俘获了我的心，我不再站在妈妈的立场。我想：她太美了，真是明艳动人，长大后我也要像她一样。那个想法让我马上产生了一种罪恶感，现在我仍能感觉到这种负罪感，它已经成了我生活的一部分。我意识到，我不再想成为像妈妈那样的人，我背叛了她。我当时要是有勇气，我会心甘情愿地大喊出来：爸爸，莉迪娅，我想跟你们一起散步，我不想跟妈妈待在一起，我害怕她。但那时候，就在那一刻，我为妈妈和自己感到痛苦。莉迪娅赤身裸体，光彩夺目。我和妈妈不是这样，我们从没有这样过，这些隐藏已久的照片就能证明。父亲从未和莉迪娅分开，他做到了：他一辈子都把莉迪娅隐藏在他的脑子里，藏在我们家里。而我们呢，即便爸爸回来了，他还是抛弃了我们。现在我比照片里的莉迪娅老多了，也比那时候痛苦不堪的妈妈老多了，看到她，我还是感到羞愧和屈辱。

"你是什么时候发现这些照片的?"我问哥哥，他从梯子上下来了。

"三十多年了吧。"

"你为什么从来没给妈妈看过?"

"我不知道。"

"那怎么也不给我看?"

他耸耸肩，意思是他不想伤害我，不想再说服我了。我埋怨说：

"你真好。你们男人对女人真好。男人一辈子有三个崇高的目标：保护我们，干我们，伤害我们。"

九

桑德罗摇摇头，嘟囔了几句关于我身体状况的话。我跟他说我身体还好，不是很好，是非常好。我给他讲了拉贝斯名字的故事，他讲了那个蓝色方块的秘密，真是太好了。现在，我们对父亲的了解更深入了一点。这是个什么男人啊！他从来不反抗，总是唯唯诺诺，从前是妈妈的附庸，现在依然是。我真是受不了妈妈对他指手画脚，而他则忍气吞声，从来都不反抗。我恨他，因为妈妈折磨我们时，他从来没有动过一根指头帮我们。爸爸，我要这个。你去问妈妈。她说不行。好吧，那就不行。

我仔细看了看这些照片，然后一张一张丢在地板上。

"还有什么我不知道而你知道的事儿？"我问我哥哥。

桑德罗耐心地捡起照片。

"关于爸爸，我就知道这么多，但想知道得更多，只需在家里翻一翻就可以。"

"那关于妈妈呢？"

他很不情愿地承认，他有各种猜疑，他深信妈妈以前有情人。我说，拿出证据来，别只是空口无凭。他回答说，证据需要去找。他坦诚说，多年来他觉得妈妈跟纳达尔有一腿，纳达尔？我笑着大声说：我连想都懒得想，太荒唐了，妈妈和纳达尔那个癞蛤蟆，名字都那么搞笑？桑德罗继续说：这可能是一九八五年的事儿，当时你十六岁，我二十。我问：妈妈呢？我一直都不会心算年龄。他答道：四十七岁，比现在的我小两岁，比你大两岁。纳达尔呢？算一算有六十二岁？天哪！我惊呼起来，一个四十七岁的女人跟一个六十二岁的男人。我仍然笑着，难以置信地摇头：真恶心，我不相信。

但我哥哥相信这件事儿，我知道他一直都相信。他看了看四周说：早晚会水落石出的，如果不是纳达尔，那就是其他人，只要看看花瓶里、书里或者电脑里就知道了。他列举了很多东西，我是第一次用好奇的眼光看着这些。我能感觉到，我的父母亲，他们在寂静的房子里，他们在一起生活，但一直貌合神离。桑德罗嘀咕说：他们两个互相欺瞒，但随时都有暴露的风险。这时忽然间他的眼里迸出了泪花。他是一个善于哭泣，而且引以为傲的男人。他读一本小说，你问他那本书怎么样，他会说：我哭了。看部电影也是如此。现在他开始流眼泪，哭得比我刚才还伤心，他总是很夸张。我抱了抱他，坐在他身边，想让他平静下来，而拉贝斯却乱叫起来，它有些迷惑。或许我对桑德罗有些不公，他比我大几岁，记得更多事情。我们父母

151

的那些矛盾冲突会先落在他身上——也许他真的想保护我，承受了更多——然后才是我。我说：打起精神，别哭了。我们寻点儿开心，把事情搞清楚。

十

那几个小时我们很轻松，或许是我们在这栋房子里过得最惬意的时光。我们到处乱翻，把所有房间翻了个底朝天。刚开始，我们只是想把父母的东西都搅乱，拉贝斯很欢快地跟着我们。后来我们控制不住自己了，把一切搅得天翻地覆。天气越来越热，我出了一身汗，很快就累了。我跟桑德罗说可以了，但他仍然不停手，越来越起劲儿。我搬了把椅子坐到客厅阳台上，猫也待到了我身边，我满心欢喜把它抱在怀里，跟它说了会儿话。我脑子里空荡荡的，就连说服父母卖掉公寓的想法也烟消云散了，这是什么鬼念头。桑德罗脱了衬衣，走了过来。我思忖他跟爸爸一模一样。他笑着对我说：

"怎么样？"

"我觉得可以了。"

"那我们走吧？"

"好，拉贝斯想跟我走。"

他皱了皱眉。

"这不行，这就太过分了。"

"但我就是要带它走。"

"那你留个纸条给妈妈。"

"不。"

"那她一回来，你就打个电话给她。"

"得了吧。"

"她会伤心的。"

"但猫不会，你看它多高兴。"

图书在版编目(CIP)数据

鞋带 / (意)多梅尼科·斯塔尔诺内
(Domenico Starnone) 著；陈英译. — 上海：上海译
文出版社，2020.3（2025.3 重印）

ISBN 978-7-5327-8324-3

Ⅰ. ①鞋… Ⅱ. ①多… ②陈… Ⅲ. ①中篇小说-意
大利-现代 Ⅳ. ①I546.45

中国版本图书馆 CIP 数据核字(2020)第 025987 号

Domenico Starnone
LACCI

Questo libro è stato tradotto grazie ad un contributo del Ministero degli Affari
Esteri e della Cooperazione Internazionale Italiano.
本书翻译获得意大利外交与国际合作部的特别经费支持。

图字:09 - 2019 - 1044 号

鞋带

[意]多梅尼科·斯塔尔诺内　著　陈英　译
特约策划/彭伦　责任编辑/徐珏　封面设计/Lika
封面插画:© Jonathan McHugh/视觉中国/Getty Images

上海译文出版社有限公司出版、发行
网址:www.yiwen.com.cn
201101　上海市闵行区号景路 159 弄 B 座
上海市崇明县裕安印刷厂印刷

开本 850×1168　1/32　印张 5　插页 2　字数 71,000
2020 年 4 月第 1 版　2025 年 3 月第 6 次印刷
印数:30,001—32,000 册

ISBN 978-7-5327-8324-3
定价:45.00 元